炉边独语

戴望舒散文精选

戴望舒 著

泰山出版社·济南·

图书在版编目（CIP）数据

戴望舒散文精选 / 戴望舒著. -- 济南：泰山出版
社，2023.7
（炉边独语）
ISBN 978-7-5519-0788-0

Ⅰ.①戴… Ⅱ.①戴… Ⅲ.①散文集－中国－现
代 Ⅳ.① I266

中国国家版本馆CIP数据核字（2023）第093895号

LUBIAN DUYU　DAIWANGSHU SANWEN JINGXUAN
炉边独语：戴望舒散文精选

责任编辑 徐甲第 王凌云
装帧设计 路渊源

出版发行 泰山出版社
　　　　　社　　　址　济南市泺源大街2号　邮编　250014
　　　　　电　　　话　综 合 部（0531）82023579　82022566
　　　　　　　　　　　出版业务部（0531）82025510　82020455
　　　　　网　　　址　www.tscbs.com
　　　　　电子信箱　tscbs@sohu.com
印　　刷 山东通达印刷有限公司
成品尺寸 150 mm×230 mm　16开
印　　张 13
字　　数 160千字
版　　次 2023年7月第1版
印　　次 2023年7月第1次印刷
标准书号 ISBN 978-7-5519-0788-0
定　　价 39.00元

凡　例

一、本书收录了作者的散文经典文章或片段节选，主要展现了作者的学术历程、情感操守，以及当时的时代风貌等。

二、将所选文章改为简体横排，以适应当代的阅读习惯。所选文章尽量依照原作，以保持文章的时代韵味，部分内容参照当下最新的整理成果进行了适当修改。

三、所选文章没有标题或者标题重复的，编辑时另行拟加或改拟。

四、对有些当时惯用的文字，如"的""地""得""作""做""哪""那""吧""罢""化钱""记帐"等，仍多遵照旧用。

目 录

夜　莺

　　在神秘的银月的光辉中，树叶儿啁啾地似在私语，绰绰地似在潜行；这时候的世界，好似一个不能解答的谜语，处处都含着幽奇和神秘的意味。

　　有一只可爱的夜莺在密荫深处高啭，一时那林中充满了她婉转的歌声。

　　我们慢慢地走到饶有诗意的树荫下来，悠然听了会鸟声，望了会月色。我们同时说："多美丽的诗境！"于是我们便坐下来说夜莺的故事。

　　"你听她的歌声是多悲凉！"我的一位朋友先说了，"她是那伟大的太阳的使女：每天在日暮的时候，她看见日儿的残光现着惨红的颜色，一丝丝的向辽远的西方消逝了，悲思便充满了她幽微的心窍，所以她要整夜的悲啼着……"

　　"这是不对的，"还有位朋友说，"夜莺实是月儿的爱人：你可不听见她的情歌是怎地缠绵？她赞美着月儿，月儿便用清辉将她拥抱着。从她的歌声，你可听不出她灵魂是沉醉着？"

　　我们正想再听一会儿夜莺的啼声，想要她启示我们的怀疑，但是她拍着翅儿飞去了，却将神秘作为她的礼物留给我们。

我的旅伴

——西班牙旅行记之一

从法国入西班牙境，海道除外，通常总取两条道路：一条是经东北的蒲港（Port-Bou），一条是经西北的伊隆（Irún）。从里昂出发，比较是经由蒲港的那条路近一点，可是，因为可以经过法国第四大城鲍尔陀（Bordeaux），可以穿过"平静而美丽"的伐斯各尼亚（Vasconia），可以到蒲尔哥斯（Burgos）去瞻览世界闻名的大伽蓝，可以到伐略道里兹（Valladolid）去寻访塞万提斯（Cervantes）的故居，可以在"绅士的"阿维拉（Avila）小作勾留，我便舍近而求远，取了从伊隆入西班牙境的那条路程。

一九三四年八月二十二日下午五时，带着简单的行囊，我到了里昂的贝拉式车站。择定了车厢，安放好了行李，坐定了位子之后，开车的时候便很近了。送行的只有友人罗大刚一人，颇有点冷清清的气象，可是久居异乡，随遇而安，离开这一个国土而到那一个国土，也就像迁一家旅舍一样，并不使我起什么怅惘之思，而况在我前面还有一个在我梦想中已变成那样神秘的西班牙在等待着我。因此，旅客们的喧骚声，开车的哨子声，汽笛声，车轮徐徐的转动声，大刚的清爽的Bon voyage声，在我听来便好像是一阕快乐的前奏曲了。

火车已开出站了，扬起的帽子，挥动的素巾，都已消隐在远处了。我还是凭着车窗望着，惊讶着自己又在这永远伴着我的旅途上了。车窗外的风景转着圈子，展开去，像是一轴无尽的山水长卷：苍茫的云树，青翠的牧场，起伏的山峦，绵亘的耕地，这些都在我眼前飘忽过去，但并没有引起我的注意。我的心神是在更远的地方。这样地，一个小站，两个小站过去了，而我却还在窗前伫立着，出着神，一直到一个奇怪的声音把我从梦想中拉出来。

一个奇怪的声音在我的车厢中响着，好像是婴孩的啼声，又好像是妇女的哭声。它从我的脚边发出来；接着，又有什么东西踏在我脚上。我惊奇地回头过去：四张微笑着的脸儿。我向我的脚边望去：一只黄色的小狗。于是我离开了窗口，茫然地在座位上坐了下去。

"这使你惊奇吗，先生？"坐在我旁边的一位中年人说，接着便像一个很熟的朋友似的溜溜地对我说起来。"我们在河沿上鸟铺前经过，于是这个小东西就使我女人看了中意了。女人的怪癖！你说它可爱吗，这头小狗？我呢，我还是喜欢猫。哦，猫！它只有两个礼拜呢，这小东西。我们还为它买了牛奶。"他向坐在他旁边的妻子看了一眼，"你说，先生，这可不是自讨麻烦吗？——嘟嘟，别那么乱嚷乱跑！——它可弄脏了你的鞋子吗，先生？"

"没有，先生，"我说，"倒是很好玩的呢，这只小狗。"

"可不是吗？我说人人见了它会欢喜的，"我隔座的女人说，"而且人们会觉得不寂寞一点。"

是的，不寂寞。这头小小的生物用它的尖锐的唤声充满了这在辘辘的车轮声中摇荡里的小小的车厢，像利刃一般地刺到我耳中。

这时，这一对夫妇忙着照顾他们新买来的小狗，给它预备牛奶，我们刚才开始的对话，便因而中止了。趁着这个机会，我便去观察一下我的旅伴们。

坐在我旁边的中年人大约有三十五六岁，养着一撮小胡子，胖胖的脸儿发着红光，好像刚喝过了酒，额上有几条皱纹，眼睛却炯炯有光，像一个少年人。灰色条纹的裤子。上衣因为车厢中闷热已脱去了，露出了白色短袖的Lacoste式丝衬衫。从他的音调中，可以听出他是马赛人或都隆一带的人，他的言语服饰举止，都显露出他是一个小rentier，一个十足的法国小资产阶级者。坐在他右手的他的妻子，看上去有三十岁光景。染成金黄色的棕色的头发，栗色的大眼睛，上了黑膏的睫毛，敷着黄色的胭脂的颊儿，染成红色的指甲，葵黄色的衫子，鳄鱼皮的鞋子。在年轻的时候，她一定曾经美丽过，所以就是现在已经发胖起来，衰老下去，她还没有忘记了她的爱装饰的老习惯。依然还保持着她的往日的是她的腿胫，在栗色的丝袜下，它们描着圆润的轮廓。

坐在我对面的胖子有四十多岁，脸儿很红润，胡须剃得光光的，满面笑容。他在把上衣脱去了，使劲地用一份报纸当扇子挥摇着。在他的脚边，放着一瓶酒，只剩了大半瓶，大约在上车后已喝过了。他头上的搁篮上，又是两瓶酒。我想他之所以能够这样白白胖胖欣然自得，大概就是这种葡萄酒的作用。从他的神气看来，我猜想是开铺子的（后来知道他是做酒生意的）。薄薄的嘴唇证明他是一个好说话的人，可是自从我离开窗口以后，我还没有听到他说过话——大约还没有到时候，恐怕一开口就不会停。

坐在这位胖先生旁边，缩在一隅，好像想避开别人的注意而反引起别人的注意似的，是一个不算难看的二十来岁的女人。穿着黑色的衣衫，老在那儿发呆，好像流过眼泪的有点红肿的眼睛，老是望着一个地方。她也没有带什么行李，大约只作一个短程的旅行，不久就要下车的。

在我把我的同车厢中的人观察了一遍之后，那位有点胖的太太已经把她的小狗喂过了牛乳，抱在膝上了。

"你瞧它多乖！"她向那现在已不呜呜地叫唤的小狗望了一眼，好像对自己又好像对别人地说。

"呃，这是'新地'种，"坐在我对面的胖先生开始发言了，"你别瞧它现在那么安静，以后它脾气就会坏的，变得很凶。你们将来瞧着吧，在十六七个月之后。呃，你们住在乡下吗？我的意思是说，你们住在巡警之力所不及的僻静的地方吗？"

"为什么？"两夫妇同声说。

"为什么？为什么？为了这是'新地'种，是看家的好狗。难道你们不知道吗？它会很快地长大起来，长得高高的，它的耳朵，也渐渐地会拖得更长，垂下去。它会变得很凶猛。在夜里，你们把它放在门口，你们便可以敞开了大门高枕无忧地睡觉。"

"啊！"那妇人喊了一声，把那只小狗一下放在她丈夫的膝上。

"为什么，太太？"那胖子说，"能够高枕无忧，这还不好吗？而且'新地'种是很不错的。"

"我不要这个。我们住在城里很热闹的街上，我们用不到一头守夜狗。我所要的是一只好玩的小狗，一只可以在出去散步时随手牵着的小狗，一只会使人感到不大寂寞一点的小狗。"那女人回答，接着就去埋怨她的丈夫了："你为什么会这样糊涂！我不是已对你说过好多次了吗，我要买一头小狗玩玩？"

"我知道什么呢？"那丈夫像一个牺牲者似的回答，"这都是你自己不好，也不问一问伙计，而且那时离开车的时间又很近了。是你自己指定了买的，我只不过付钱罢了。"接着对那胖先生说，"我根本就不喜欢狗。对于狗这一门，我是完全外行。我还是喜欢猫。关于猫，我还懂得一点，暹逻种，昂高拉种；狗呢，我一点也不在行。有什么办法呢！"他耸了一耸肩，不说下去了。

"啊，太太，我懂了。你所要的是那种小种狗。"那胖先生说，接着他更卖弄出他的关于狗种的渊博的知识来。"可是小种狗也有许多种，Dandie-dinmont, King Charles, Skye-terrier, Pékinois, loulou, Biehon de malt, Japonais, Bouledogue. teerier anglais àpoils durs，以及其他等等，说也说不清楚。你所要的是那一种样子的呢？像用刀切出来的方方正正的那种小狗呢，还是长长的毛一直披到地上又遮住了脸儿的那一种？"

"不是，是那种头很大，脸上起皱，身体很胖的有点儿像小猪的那种。以前我们街上有一家人家就养了这样一只，一副蠢劲儿，怪好玩的。"

"啊啊！那叫Bouledogue，有小种的，也有大种的。我个人不大喜欢它，正就因为它那副蠢劲儿。我个人倒喜欢King Charles或是Japonais。"说到这里，他转过脸来对我说，"呃，先生，你是日本人吗？"

"不，"我说，"中国人。"

"啊！"他接下去说，"其实Pékinois也不错，我的妹夫就养着一条。这种狗是出产在你们国里的，是吗？"

我含糊地答应了他一声，怕他再和我说下去，便拿出了小提箱中的高谛艾（Th.Gautier）的《西班牙旅行记》来翻看。可是那位胖先生倒并没有说下去，却拿起了放在脚边的酒瓶倾瓶来喝。同时，在那一对夫妻之间，便你一句我一句地争论起来了。

快九点钟了。我到餐车中去吃饭。在吃得醺醺然地回来的时候，车厢中只剩了胖先生一个人在那儿吃夹肉面包，喝葡萄酒。买狗的夫妇和黑衣的少妇都已下车去了。我问胖先生是到哪里去的。他回答我是鲍尔陀。我们于是商量定，关上了车厢的门，放下窗幔，熄了灯，各占一张长椅而卧，免得上车来的人占据了我们的座位，使我们不得安睡。商量既定，我们便都挺直了身子躺在长椅上。不到十几分钟，我便听到胖先生的呼呼的鼾声了。

鲍尔陀一日

——西班牙旅行记之二

清晨五点钟。受着对座客人的"早安"的敬礼，我在辘辘的车声中醒来了。这位胖先生是先我而醒的，一只手拿着酒瓶，另一只手拿着一块饼干，大约已把我当做戴一个奇怪的动物似地注视我好久了。

"鲍尔陀快到了吧？"我问。

"一小时之后就到了。您昨夜睡得好吗？"

"多谢，在火车中睡觉是再舒适也没有了。它摇着你，摇着你，使人们好像在摇篮中似的。"说着我便向车窗口望出去。

风景已改变了。现在已不是起伏的山峦，广阔的牧场，苍翠的树林了，在我眼前展开着的是一望无际的葡萄田。这时候葡萄已经成熟了，我仿佛看见了暗绿色的葡萄叶，攀在支柱上的藤蔓，和发着宝石的光彩的葡萄。

"你瞧见这些葡萄田吗？"那胖先生说，接着，也不管我听与不听，他又像昨天谈狗经似的对我谈起酒经来了，"你要晓得，我们鲍尔陀是法国著名产葡萄酒的地方，说起'鲍尔陀酒'，世界上是没有一处人不知道的。这是我们法国的命脉——也是我的命脉。这也有两个意义：第一，正如你所见到的一样，我是一天也不能离开葡萄酒的；"他喝了一口酒，放下了瓶子接下去说，"第二呢，我是做酒生意的，我在鲍尔陀开着一个小小的酒庄。葡萄酒双倍地维持着我的生活，所以也难怪我对于酒发着颂词了。喝啤酒的人会有一个混浊而阴险的头脑，像德国人一样；喝烧酒（Liqueur）的人会变成一种中酒精毒的疯狂的人；而喝了葡萄酒的人却永远是爽直的、喜乐的、满足的，最大的毛病是多说话而已，但多说话并不是一件缺德的事。……"

"鲍尔陀葡萄酒的种类很多吧？"我趁空羼进去问了一句。

"这真是说也说不清呢。一般说来，是红酒白酒，在稍为在行一点的人却以葡萄的产地来分，如'美道克'（Mé doc），'海岸'（Cōtes），'沙滩'（Graves），'沙田'（Palus），'梭代尔纳'（Sauternes）等等。这是大致的分法，但每一种也因酒的品质和制造者的不同而分了许多种类，'美道克'葡萄酒有'拉斐特堡'（Chateau-Lafite），'拉都堡'（Chateau-Latour），'莱奥维尔'（léoville）等类；'海岸'有'圣爱米略奈'（St.Emilionais），'李布尔奈'（Libournais），'弗龙沙代'（Fronsadais）等类；'沙田'葡萄酒和'沙滩'酒品质比较差一点，但也不乏名酒；享受到世界名誉的是'梭代尔纳'的白酒，那里的产酒区如鲍麦（Bommes），巴尔沙克（Barsac），泊莱涅克（Preignac），法尔格（Fargues）等，都出好酒，特别以'伊甘堡'（Chateau-Yquem）为最著名。因为他们对于葡萄酒的品质十分注意，就是采葡萄制酒的时候，至少也分三次采，每次都只采成熟了的葡萄……而且每一个制造者都有着他们世袭的秘法，就是我们也无从知晓。总之，"在说了这一番关于鲍尔陀酒的类别之后，他下着这样的结论，"如果你到了鲍尔陀之后，我第一要奉劝的便是请你去尝一尝鲍尔陀的好酒，这才可以说不枉到过鲍尔陀。……"

"对不起，"一半也是害怕他再滔滔不绝地说下去，我站起身来说，"我得去洗一个脸呢，我们回头谈吧。"

回到车厢中的时候，火车离鲍尔陀已只有十几分钟的路程了。胖先生在车厢外的走廊上笑眯眯地望着车窗外的葡萄田，好像在那些累累的葡萄上看到了他自己的满溢的生命一样。我也不去打搅他，整理好行囊，便依着车窗闲望了。

这时在我的心头起伏着的是一种莫名其妙的不安。这种不安是读了高谛艾的《西班牙旅行记》而引起的，对到鲍尔陀站时，高谛艾这样写着他的印象：

> 下车来的时候，你就受到一大群的夫役的攻击，他们分配着你的行李，合起二十个人来扛一双靴子：这还一点也不算稀奇；最奇怪的是那些由客栈老板埋伏着截拦旅客的劳什子。这一批浑蛋逼着嗓子闹得天翻地覆倾泻出一大串颂词和咒骂来：一个人抓住你的胳膊，另一个人攀住你的腿，这个人拉住你的衣服的后襟，那个人拉住你的大氅的钮子："先生，到囊特旅馆里去吧，那里好极啦！"——"先生不要到那里去，那是一个臭虫的旅馆，臭虫旅馆，这才是它的真正的店号。"那对敌的客店的代表急忙这样说。——"罗昂旅馆！""法兰西旅馆！"那一大群人跟在你后面嚷着。——"先生，他们是永远也不洗他们的沙锅的，他们用

臭猪油烧菜，他们的房间里漏得像下雨，你会被他们剥削、抢盗、谋杀。"每一个人都设法使你讨厌那些他们对敌的客栈，而这一大批跟班只在你断然踏进了一家旅馆的时候才离开你。那时他们自己之间便口角起来，互相拔出皮榔头来，你骂我强盗，我骂你贼，以及其他类似的咒骂，接着他们又急急忙忙地去追另一个猎物。

到了鲍尔陀的圣约翰站，匆匆地和胖先生告了别之后，我便是在这样的心境中下了火车。我下了火车，没有脚夫来抢拿我的小皮箱；我走出了车站，没有旅馆接客来拽我的衣裾。这才使我安心下来，心里想着现在的鲍尔陀的确比一八四〇年的鲍尔陀文明得多了。

我不想立刻找一个旅馆，所以我便提着轻便的小提囊安步当车顺着大路踱过去。这正是上市的时候，买菜的人挟着大篮子在我面前经过，熙熙攘攘，使我连游目骋怀之心也被打散了。一直走过了闹市之后，我的心才渐渐地宽舒起来。高谛艾说："在鲍尔陀，西班牙的影响便开始显著起来了。差不多全部的市招都是用两种文字写的；在书店里，西班牙文的书至少和法文书一样多。许多人都说着吉诃德爷和古士芝·达尔法拉契的方言……"我开始注意市招：全部是法文的；我望了一望一家书店的橱窗：一本西班牙文的书也没有；我倾听着过路人的谈话：都是道地的法语，只是有点重浊的本地口音而已。这次，我又太相信高谛艾了。

这样地，我不知不觉走到了鲍尔陀最热闹的克格芝梭大街上。咖啡店也开门了，把藤椅一张张地搬到檐前去。我走进一家咖啡馆去，遵照同车胖先生的话叫了一杯白葡萄酒，又叫了一杯咖啡，一客夹肉面包。

也许是车中没有睡好，也许是闲走累了，也许是葡萄酒发生了作用，一片懒惰的波浪软软地飘荡着我，使我感到有睡意了。我想：晚间十二点要动身，而我在鲍尔陀又只打算走马看花地玩一下，那么我何不找一个旅馆去睡几小时，就是玩起来的时候也可以精神抖擞一点。

罗兰路。勃拉丹旅馆。在吩咐侍者在正午以前唤醒我之后，我便很快地睡着了。

侍者在十一点半唤醒了我，在洗盥既毕出门去的时候，天已在微微地下雨了。我冒着微雨到圣昂德莱大伽蓝巡礼去，这是英国人所建筑的，还是中世纪的遗物，藏着乔尔丹（Jordaēns）和维洛奈思（Vèronèse）等名画家的画。从这里出来后，我到喜剧院广场的鲍尔陀咖啡饭店去丰盛地进了午餐。在把肚子里装满了鲍尔陀的名酒和佳肴之后，正打算继续去览胜的时候，雨却倾盆似的泻下来。一片南方的雨，急骤而短促。我不得不喝着咖啡等了半小时。

出了饭馆之后，在一整个下午之中我总计走马看花地玩了这许多地方：圣母祠、甘龚斯广场、圣米式尔寺、公园、博物馆。关于这些，我并不想多说什么，《蓝皮指南》以及《倍德凯尔》等导游书的作者，已经有更详细的记载了。

使我引为憾事的是没有到圣米式尔寺的地窖里去看一看，那里保藏着一些成为木乃伊的尸体，据高谛艾说："就是诗人们和画家们的想象，也从来没有产生过比这更可怕的噩梦过。"但博物馆中几幅吕班思（Rubens），房第克（Van Dyck），鲍谛契里（Botticelli）的画，黄昏中在清静的公园中的散步，也就补偿了这遗憾了。

依旧丰盛地进了晚餐之后，我在大街上信步闲走了两点多钟，然后坐到咖啡馆中去，听听音乐，读读报纸，看看人。这时，我第一次证明了高谛艾没有对我说谎。他说："使这个城有生气的，是那些娼妓和下流社会的妇人，她们都的确是很漂亮：差不多都生着笔直的鼻子，没有颧骨的颊儿，大大的黑眼睛，爱娇而苍白的鹅蛋形脸儿。"

这样挨到了十一点光景，我回到旅馆里去算了账，便到圣约翰站去乘那在十二点半出发到西班牙边境去的夜车。

在一个边境的站上

——西班牙旅行记之三

夜间十二点半从鲍尔陀开出的急行列车，在侵晨六点钟到了法兰西和西班牙的边境伊隆。在朦胧的意识中，我感到急骤的速率宽弛下来，终于静止了。有人在用法西两国语言报告着："伊隆，大家下车！"

睁开睡眼向车窗外一看，呈在我眼前的只是一个像法国一切小车站一样的小车站而已。冷清清的月台，两三个似乎还未睡醒的搬运夫，几个态度很舒闲地下车去的旅客。我真不相信我已到了西班牙的边境了，但是一个声音却在更响亮地叫过来：

"伊隆，大家下车！"

匆匆下了车，我第一个感到的就是有点寒冷。是侵晓的冷气呢，是新秋的薄寒呢，还是从比雷奈山间夹着雾吹过来的山风？我翻起了大氅的领，提着行囊就望出口走。

走出这小门就是一间大敞间，里面设着一圈行李检查台和几道低木栅，此外就没有什么别的东西。这是法兰西和西班牙的交界点，走过了这个敞间，那便是西班牙了。我把行李照别的旅客一样地放在行李检查台上，便有一个检查员来翻看了一阵，问我有什么报税的东西，接着在我的提箱上用粉笔画了一个字，便打发我走了。再走上去是护照查验处。那是一个像车站上卖票处一样的小窗洞。电灯下面坐着一个留着胡子的中年人。单看他的炯炯有光的眼睛和他手头的那本厚厚的大册子，你就会感到不安了。我把护照递给了他。他翻开来看了看里昂西班牙领事的签字，把护照上的照片看了一下，向我好奇地看了一眼，问了我一声到西班牙的目的，把我的姓名录到那本大册子中去，在护照上捺了印；接着，和我最初的印象相反地，他露出微笑来，把护照交还了我，依然微笑着对我说："西班牙是一个可爱的地方，到了那里你会不想回去呢。"

真的，西班牙是一个可爱的地方，连这个护照查验员也有他的固有的可爱的风味。

这样地，经过了一重木栅，我踏上了西班牙的土地。

过了这一重木栅，便好像一切都改变了：招纸，揭示牌都用西班牙文写着，那是不用说的，就是刚才在行李检查处和搬运夫用沉浊的法国南部语音开着玩笑的工人型的男子，这时也用清朗的加斯谛略语和一个老妇人交谈起来。天气是显然地起了变化，暗沉沉的天空已澄碧起来，而在云里透出来的太阳，也驱散了刚才的薄寒，而带来了温煦。然而最明显的改变却是在时间上。在下火车的时候，我曾经向站上的时钟望过一眼：六点零一分。检查行李，验护照等事，大概要花去我半小时，那么现在至少是要六点半了吧。并不如此。在西班牙的伊隆站的时钟上，时针明明地标记着五点半。事实是西班牙的时间和法兰西的时间因为经纬度的不同而相差一小时，而当时在我的印象中，却觉得西班牙是永远比法兰西年轻一点。

因为是五点半，所以除了搬运夫和洒扫工役已开始活动外，车站上还是冷清清的。卖票处，行李房，兑换处，书报摊，烟店等等都没有开，旅客也疏朗朗地没有几个。这时，除了枯坐在月台的长椅上或在站上往来踱蹀以外，你是没有办法消磨时间的。到浦尔哥斯的快车要在八点二十分才开。到伊隆镇上去走一圈呢，带着行李究竟不大方便，而且说不定要走多少路，再说，这样大清早就是跑到镇上也是没有什么多大意思的。因此，把行囊散在长椅上，我便在这个边境的车站上踱起来了。

如果你以为这个国境的城市是一个险要的地方，扼守着重兵，活动着国际间谍，压着国家的，军事的大秘密，那么你就错误了。这只是一个消失在比雷奈山边的西班牙的小镇而已。提着筐子，筐子里盛着鸡鸭，或是肩着箱笼，三三两两地来乘第一班火车的，是头上裹着包头布的山村的老妇人，面色黝黑的农民，白了头发的老匠人，像是学徒的孩子。整个西班牙小镇的灵魂都可以在这些小小的人物身上找到。而这个小小的车站，它也何尝不是十足西班牙底呢？灰色的砖石，黯黑的木柱子，已经有点腐蚀了的洋船遮檐，贴在墙上在风中飘着的斑驳的招纸，停在车站尽头处的铁轨上的破旧的货车：这一切都向你说着西班牙的式微、安命、坚忍。西德（Cid）的西班牙，侗黄（Don Juan）的西班牙，吉诃德（Quixote）的西班牙，大仲马或梅里美心目中的西班牙，现在都已过去了，或者竟可以说本来就没有存在过。

的确，西班牙的存在是多方面的。第一是一切旅行指南和游记中的西班牙，那就是说历史上的和艺术上的西班牙。这个西班牙浓厚地渲染着釉彩，充满了典型人物。在音乐上，绘画上，舞蹈上，文学上，西班牙都在这个面目之下出现于全世界，而做着它的正式代表。一般人对于西班牙的观念，也是由这个代表者而引起的。当人们提起了西班牙的时候，你立刻会想到蒲尔哥斯的大伽蓝，格腊拿达的大食故宫，斗牛，当歌舞（Tango），侗黄式的浪子，吉诃德式的梦想者，塞赖丝谛拿（La Celestina）式的老虔婆，珈尔曼式的吉卜赛女子，扇子，披肩巾，罩在高冠上的遮面纱等等，而勉强西班牙人做了你的想象底受难者；而当你到了西班牙而见不到那些开着悠久的岁月的绣花的陈迹，传说中的人物，以及你心目中的西班牙固有产物的时候，你会感到失望而作"去年白雪今安在"之喟叹。然而你要知道这是最表面的西班牙，它的实际的存在是已经在一片迷茫的烟雾之中，而行将只在书史和艺术作品中赓续它的生命了。西班牙的第二个存在是更卑微一点，更穆静一点。那便是风景的西班牙。的确，在整个欧罗巴洲之中，西班牙是风景最胜最多变化的国家。恬静而笼着雾和阴影的伐斯各尼亚，典雅而充溢着光辉的加斯谛拉，雄警而壮阔的昂达鲁西亚，煦和而明朗的伐朗西亚，会使人"感到心被窃获了"的清澄的喀达鲁涅。在西班牙，我们几乎可以看到欧洲每一个国家的典型。或则草木葱茏，山川明媚；或则大山岝崿，峭壁幽深；或则古堡荒寒，困焦幽独；或则千园澄碧，百里花香，……这都是能使你目不暇给，而至于留连忘返的。这是更有实际的生命，具有易解性（除非是村夫俗子）而容易取好于人的西班牙。因为它开拓了你对于自然之美的爱好之心，而使你衷心地生出一种舒徐的、悠长的、寂寥的默想来。然而最真实的，最深沉的，因而最难以受人了解的却是西班牙的第三个存在。这个存在是西班牙的底奥，它蕴藏着整个西班牙，用一种静默的语言向你说着整个西班牙，代表着它的每日的生活，象征着它的永恒的灵魂。这个西班牙的存在是卑微至于闪避你的注意，静默至于好像绝灭。可是如果你能够留意观察，用你的小心去理解，那么你就可以把握住这个卑微而静默的存在，特别是在那些小城中。这是一个式微的，悲剧的，现实的存在，没有光荣，没有梦想。现在，你在清晨或是午后走进任何一个小城去吧。你在狭窄的小路上，在深深的平静中徘徊着。阳光从静静的闭着门的阳台上坠下来，落着一个砌着碎石的小方场。什么也不来搅扰这寂静；街坊上的叫卖声在远处寂灭了，寺院的钟声已消沉下去了。你穿过小方场，经过一个作坊，一切任何作坊，铁匠底，木匠底或羊毛匠底。你伫立一会儿，看着他们带着那一种的热心，坚忍和爱操作着；你来到一所大屋子前面：半开着的门已朽腐了，门环上满是铁锈，涂着石灰的白墙已经斑驳或生满黑霉了，从门间，你望见了里面被野草和草苔所侵占了的院子。你当然不推门进去，但是在这墙后面，在这门里面，你会感到有苦痛、沉哀或不遂的愿望静静地躺着。你再走上去，街路上依然是沉静的，一个喷泉淙淙地响着，三两只鸽子振羽作声。一个老妇扶着一个女孩佝偻着走过。寺院的钟迟迟地响起来了，又迟迟地消歇了。……这就是最深沉的西班牙，它过着一个寒伧，静默，坚忍而安命的生活，但是它却具有怎样的使人充塞了深深的爱的魅力啊。而这个小小的车站呢，它可不是也将这奥秘的西班牙呈显给我们看了吗？

当我在车站上来往蹀躞着的时候，我心中这样地思想着。在不知不觉之中，车站中已渐渐地有生气起来了。卖票处，兑换处，烟摊，报摊，都已陆续地开了门，从镇上来的旅客们，也开始用他们的嘈杂的语音充满了这个小小的车站了。

我从我的沉思中走了出来，去换了些西班牙钱，到卖票处去买了里程车票，出来买了一份昨天的《太阳报》（*EI Sol*），一包烟，然后回到安放着我的手提箱的长椅上去。

长椅上已有人坐着了，一个老妇人和几个孩子。一个，两个，三个，四个……一共是四个孩子。而且最大的一个十一二岁的孩子，已经在开始一张一张地撕去那贴在我提箱上的各地旅馆的贴纸了。我移开箱子坐了下来。这时候，便有两个在我看来很别致的人物出现了。

那是邮差，军人，和京戏上所见的文官这三种人物的混合体。他们穿着绿色的制服，佩着剑，头面上却戴着像乌纱帽一般的黑色漆布做的帽子。这制服的色彩和灰暗而笼罩着阴阴的尼斯各尼亚的土地以及这个寒伧的小车站显着一种异样的不调和，那是不用说的；而就是在一身之上，在这制服，佩剑，和帽子之间，也表现着绝端的不一致。"这是西班牙固有的驳杂底一部分吧。"我这样想。

七点钟了。开到了一列火车，然而这是到桑当德尔（Santander）去的。火车开了，车站一时又清冷起来。要等到八点二十分呢。

我静穆地望着铁轨，目光随着那在初阳之下闪着光的两条铁路的线伸展过去，一直到了迷茫的天际；在那里，我的神思便飘举起来了。

西班牙的铁路

——西班牙旅行记之四

田野底青色小径上
铁的生客就要经过，
一只铁腕行将收尽
晨曦所播下的禾黍。

　　这是俄罗斯现代大诗人叶赛宁的诗句。当看见了俄罗斯的恬
静的乡村一天天地被铁路所侵略，并被这个"铁的生客"所带来
的近代文明所摧毁的时候，这位憧憬着古旧的、青色的俄罗斯，
歌咏着猫，鸡，马，牛，以及整个梦境一般美丽的自然界的，俄
罗斯的"最后的田园诗人"，便不禁发出这绝望的哀歌来，而终
于和他的古旧的俄罗斯同归于尽。

　　和那吹着冰雪的风，飘着忧郁的云的俄罗斯比起来，西班
牙的土地是更饶于诗情一点。在那里，一切都邀人入梦，催人怀
古：一溪一石，一树一花，山头碉堡，风际牛羊……当你静静地
观察着的时候，你的神思便会飞越到一个更迢遥更幽古的地方
去，而感到自己走到了一种恍惚一般的状态之中去，走到了那些
古诗人的诗境中去。

这种恍惚，这种清丽的或雄伟的诗境，是和近代文明绝缘的。让魏特曼或凡尔哈仑去歌颂机械和近代生活吧，我们呢，我们宁可让自己沉浸在往昔的梦里。你要看一看在"铁的生客"未来到以前的西班牙吗？在《大食故宫余载》（一八三二）中，华盛顿·欧文这样地记着他从塞维拉到格腊拿达途中的风景的一个片段：

　　……见旧堡，遂徘徊于堡中久之。……堡踞小山，山跌瓜低拉河萦绕如带，河身非广，渐渐作声，绕堡而逝。山花覆水，红鲜欲滴。绿阴中间出石榴佛手之树，夜莺嘤鸣其间，柔婉动听。去堡不远，有小桥跨河而渡；激流触石，直犯水礁。礁房环以黄石，那当日堡人用以屑面者。渔滕巨网，晒堵黄石之塘；小舟横陈，即隐绿阴之下。村妇衣红衣过桥，倒影入水作绛色，渡过绿漪而没。等流连景光，恨不能画……（据林纾译文）

这是幽蒨的风光，使人流连忘返的；而在乔治·鲍罗的《圣经在西班牙》（一八四三）中，我们又可以看到加斯谛尔平原的雄警壮阔的姿态：

　　这天酷热异常，于是我们便缓缓地在旧加斯谛尔的平原上取道前进。说起西班牙，旷阔和宏壮是总要联想起的：它的山岳是雄伟的，而它的平原也雄伟不少逊；它舒展出去，块圵无垠，但却也并不坦坦荡荡，满目荒芜，像俄罗斯的草原那样。崎岖境堄的土地触目皆是：这里是寒泉所冲泻成的深涧和幽壑，那里是一个嶙峋而荒蛮的培嵝，而在它的顶上，显出了一个寂寥的孤村。欢欣快乐的成分很少，而忧郁的成分却很多。我们偶然可以看见有几个孤独的农夫，在田野间操作——那是没有分界的田野，不知橡树，榆树或槐树为何物；只有悒郁而悲凉的松树，在那里炫耀着它的金字塔一般的形式，而绿草也是找不到的。这些地域中的旅人是谁呢？大部分是驴夫，以及他们的一长列一长列系着单调地响着的铃子的驴子。……

在这样的背景上，你想吧，近代文明会呈显着怎样的丑陋和不调和，而"铁的生客"的出现，又会怎样地破坏了那古旧的山川天地之间相互的默契和熟稔，怎样地破坏了人和自然界之间的融和的氛围气！那爱着古旧的西班牙，带着一种深深的怅惘数说着它的一切往昔的事物的阿索林，在他的那本百读不厌的小书《加斯谛拉》中，把西班牙的历史缩成了三幅动人的画图——十六世纪的，十九世纪的和现代的——，现在，我们展开这最后一幅画图来吧：

　　……那边，在地平线的尽头，那些映现在澄澈的天宇上的山岗，好像已经被一把刀所砍断了。一道深深的挺直的罅隙穿过了它们；从这罅隙间，在地上，两条又长又光亮的平行的铁条穿了出来，节节地越过了整个原野。立刻，在那些山岗的断处，显现出了一个小黑点：它动着，急骤地前进，一边在天上遗留下一长条的烟。它已来到平原上了。现在，我们看见一个奇特的铁车和它的喷出一道浓烟来的烟突，而在它的后面，我们看见了一列开着小窗的黑色的箱子；从那些小窗间，我们可以辨出许多男子的和妇女的脸儿来，每天早晨，这个铁车和它的那些黑色的箱子在远方现出来；它散播着一道道的烟，发着尖锐的啸声，急骤得使人目眩地奔跑着而进城市的一个近郊去……

铁路是在那一种姿态之下在那古旧的西班牙出现，我们已可以在这幅画图中清楚地看到了。

的确，看见机关车的浓烟染黑了他们的光辉的和朦朦的风景，喧嚣的车声打破了他们的恬静，单调的铁轨毁坏了他们的山川的柔和或刚强的线条，西班牙人是怀着深深的遗憾的。西班牙的一切，从峻嶒的比雷奈山起一直到那伽尔陀思（Galedós）所谓"逐出外国的侵犯"的那种发着辛烈的臭味的煎油为止，都是抵抗着那现代文明的闯入的。所以，那"铁的生客"的出现，比在欧美各国都要迟一点，西班牙最早的几条铁路，从巴塞洛拿（Barcelona）到马达罗（Mataró）那条是在一八四八年建立的，从马德里到阿朗胡爱斯（Aranjuez）的那条更迟四年，是在一八五一年才筑成。而在建筑铁路之前，又是经过多少的困难和周折啊。

在一八三〇年，西班牙人已知道什么是铁路了。马尔赛里诺·加莱罗（Marcelino Calero）在一八三〇年出版了他的那本在英国印刷的，建筑一个从边境的海雷斯到圣玛丽港的铁路的计划书。在这本计划书后面，还附着一张地图和一幅插绘，是出自"拉蒙·赛沙·德·龚谛手笔"的。插绘上画着一列火车，喷着黑烟，驰行在海滨，而在海上，却航行着一只有着又高又细的烟筒的汽船。这插绘是有点幼稚的，然而它却至少带了一些火车的概念来给当时的西班牙人。加莱罗的这个计划没有实现，那是当然的事，然而在那些喜欢新的事物的人们间，火车便常被提到了。

七年之后，在一八三七年，季崖尔莫·罗佩（Guillermo Lobé）作了一次旅行，从古巴到美国，从美国又到欧洲。而在一八三九年，他在纽约出版了他的那部《在美国，法国和英国的旅行中给我的孩子们的书翰》。罗佩曾在美国和欧洲研究铁路，而在他的信上，铁路是常常讲到的。他希望西班牙全国都布满了铁路，然而他的愿望也没有很快地实现。以后，文人学士的关于铁路的记载渐渐地多起来了。在一八四一年美索奈罗·洛马诺思（Mesonero Romanos）表了他的《法比旅行回忆记》；次年，莫代思多·拉福安德（Modesto Lauyente）表了他的《修士海龙第奥的旅行记》第二卷。这两部游记中对于铁路都有详细的叙述，而尤以后者为更精密而有系统。这两位游记的作者都一致地公认火车旅行的诗意。（这是我们所难以领略的。）美索奈罗在他的记游文中描写着铁路的诗意底各方面，在白昼的或在黑夜的。而拉福安德也沉醉于车行中所见的光景。他写着，"这是一幅绝世的惊人的画图；而在暗黑的深夜中看起来，那便千倍地格外有趣味，格外有诗意"。

然而，就在这一八四二年的三月十四日，当元老院开会议论开筑一条从邦泊洛拿经巴斯当谷通到法兰西去的普通官路的时候，那元老议员却说："我的意见是，我们永远无论如何也不应该弄平了比雷奈山；反之，我们应该在原来的比雷奈山上，再加上一重比雷奈山。"多少的西班牙人会同意于这个意见啊！

在一八四四年，西班牙著名的数学家玛里阿诺·伐烈何（MrianoVallejo）出版了一本题名为《铁路的新建筑》的书。这位数学家是一位折中主义者。他愿望旅行运输的便利，但他也好像不大愿意机关车的黑烟污了西班牙的青天，不大愿意它的尖锐的汽笛声冲破了西班牙的原野的平静。我们的这位伐烈何主张仍旧用牲口去牵车子，只不过那车子是在铁轨上滑行着罢了。可是，这个计划也还是没有被采用。

从一八四五年起，西班牙筑铁路的计划渐次地具体化了。报纸上继续地论着铁路的利益，资本家踊跃地想投资，而一批一批的铁路专家技师，又被从国外聘请来。一八四五年五月三十日，马德里《传声报》记载着阿维拉、莱洪、马德里铁路企业公司的主持者之一华尔麦思来（Sir J.Walmsley）抵京进行开筑铁路的消息；六月二十二日，马德里的《日报》上载着五位英国技师经过伐拉道里兹，测量从比尔鲍到马德里的铁路路线的消息；七月三日，《传声报》又公布了筑造法兰西西班牙铁路的计划，并说一个英国工程师的委员会，也已制成了路线的草案并把关于筑路的一切都筹划好了；而在九月十八日的《日报》上，我们又可以看到工程师勃鲁麦尔（Brumell）和西班牙北方皇家铁路公司的一行技师的到来。以后，这一类的消息还是不绝如缕，然而这些计划的实现却还需要许多岁月，还要经过十年，十五年，二十年。

一八四八年巴塞洛拿和马达罗之间的铁路，一八五一年马德里和阿朗胡爱斯之间的铁路，只能算是一种好奇心的满足而已。

从这些看来，我们可以见到这"铁的生客"在西班牙是遇到了多么冷漠的款待，多么顽强的抵抗。那些生野的西班牙人宁可让自己深闭在他们的家园里（真的，西班牙是一个大园林），亲切地、沉默地看着那些熟稔的花开出来又凋谢，看着那些祖先所抚摩过的遗物渐渐地涂上了岁月的色泽；而对于一切不速之客，他们都怀着一种隐隐的憎恨。

现在，在我面前的这条从法兰西、西班牙的边境到马德里去的铁路，是什么时候完成的呢？这个文献我一时找不到。我所知道的是，一直到一八六○年为止，这条路线还没有完工。一八五九年，阿尔都罗·马尔高阿尔都（Arturo Marcoartú）在他替《一八六○闰年"伊倍里亚"政治文艺年鉴》所写的那篇关于铁路的文章中，这样地告诉我们：在一八五九年终，北方铁路公司已有六五○基罗米突的铁路正在筑造中；没有动工的尚有七十三基罗米突。

在我前面，两条平行的铁轨在清晨的太阳下闪着光，一直延伸出去，然后在天涯消隐了。现在，西班牙已不再能拒绝这"铁的生客"了。它翻过了西班牙的重重的山峦，度过了它的广阔的平原，跨过它的潺湲的溪涧，湛湛的江河，披拂着它的晓雾暮霭，掠过它的松树的针，白杨的叶，橙树的花，喷着浓厚的黑烟，发着刺耳的汽笛声，隆隆的车轮声，每日地，在整个西班牙骤急地驰骋着了。沉在梦想中的西班牙人，你们感到有点轻微的怅惘吗，你们感到有点轻微的惋惜吗？

　　而我，一个东方古国的梦想者，我就要跟着这"铁的生客"，怀着进香者一般虔诚的心，到这梦想的国土中来巡礼了。生野的西班牙人，生野的西班牙土地，不要对我有什么顾虑吧。我只不过来谦卑地，小心地，静默地分一点你们的太阳，你们的梦，你们的怅惘和你们的惋惜而已。

记诗人许拜维艾尔

　　二十年前还是默默无闻的许拜维艾尔，现在已渐渐地超过了他的显赫一时的同代人，升到巴尔拿斯的最高峰上了。和高克多（Cocteau），约可伯（Jacob），达达主义者们，超现实主义者们等相反，他的上升是舒徐的，不喧哗的，无中止的，少波折的。他继续地升上去，像一只飞到青空中去的云雀一样，像一只云雀一样地，他渐渐地使大地和太空都应响着他的声音。

　　现代的诗人多少是诗的理论家，而他们的诗呢，符合这些理论的例子。爱略特（T.S.Eliot）如是，耶芝（W.B.Yeats）如是，马里奈谛（Marinetti）如是，玛牙可夫斯基（Mayakovsky）如是，梵乐希（Valéry）亦未尝不如是。他们并不把诗作为他们最后的目的，却自己制就了樊笼，而把自己幽囚起来。许拜维艾尔是那能摆脱这种苦痛的劳役的少数人之一，他不倡理论，不树派别，却用那南美洲大草原的青色所赋予他，大西洋海底珊瑚所赋予他，喧嚣的"沉默"，微语的星和驯熟的夜所赋予他的辽远，沉着而熟稔的音调，向生者，死者，大地，宇宙，生物，无生物吟哦。如果我们相信诗人是天生的话，那么他就是其中之一。

　　一九三五年，当春天还没有抛开了它的风，寒冷和雨的大氅的时候，我又回到了古旧的巴黎。一个机缘呈到了我面前，使我能在踏上归途之前和这位给了我许多新的欢乐的诗人把晤了一次。（我得感谢那位把自己一生献给上帝以及诗的Abbé Duperray。）

诗人是住在处于巴黎的边缘的拉纳大街（Boulevard Lannes）上，在蒲洛涅林（Bois de Boulogne）附近。在一个阴暗的傍晚，我到了那里。在那清静而少人迹的街道上彳亍着找寻诗人之家的时候，我想起了他的诗句：

> 有着岁月前来闻嗅的你的石建筑物，
> 拉纳大街，你在天的中央干什么？
> 你是那么地远离开巴黎的太阳和它的月亮，
> 竟至街灯不知道它应该灭呢还应该明，
> 竟至那送牛乳的女子自问，
> 那是否真是屋子，凸出着真正的露台，
> 那在她手指边叮当响着的，是牛乳瓶呢还是世界。

找到了拉纳大街四十七号的时候，天已开始微雨了，我走到一所大厦的门边，我按铃。铃声清晰地在空敞的门轩中响了好一些时候。一个男子慢慢地走了出来。

"诗人许拜维艾尔先生住在这里吗？"我问。

"在二楼，要我领你去吗？"

"不必，我自己上去就是了。"

我在一扇门前站住。第二次，铃声又响了。这次，来给我开门的是一个女仆，她用惊讶的眼睛望着我，好像这诗人之居的恬静，是很少有异国的访客来搅扰的。

"许拜维艾尔在家吗？"我问。

"在家。您有名片吗？"

她接了我的名片，关了门，领我到一间客厅里，然后去通报诗人。

我在一张大圈椅上坐下来，开始对于这已经是诗人的一部分的客厅，投了短促的一瞥。古旧的家具，先人的肖像，紫檀的镂花中国屏风，厚厚的地毯：这些都是一个普通的法国人家所应有尽有的，然而一想到这些都是兴感诗人，走进他的生活中去，而做着他的诗的卑微然而重要的元行的时候，这些便都披上了一层异样的光泽了。但是那女仆出来了，她对我说她的主人很愿意见我，虽然他在患牙痛。接着，在开门的声音中，许拜维艾尔已经在门框间现身出来了。

这是一位高大的人，瘦瘦的身体，长长的脸儿，宽阔的前额，和眼睛很接近的浓眉毛，从鼻子的两翼出发下垂到嘴角边的深深的皱槽。虽则已到了五十以上的年龄，但是我们的诗人还显得很年轻，特别是他的那双奕奕有光的眼睛。有许多人是不大感到年岁的重负的，诗人也就是这一类人之一，虽然他不得不在心头时时重整精力，去用他的鲜血给"时间的群马"解渴。

"欢迎你！"这是诗人的第一声，"我们昨天刚听到念你的诗，想不到今天就看到了你。"

当我开始对他说我对于他的景仰，向他道歉我打搅他等等的时候，"不要说这些，"他说，"请到我书房里去坐吧，那里人们感到更不生疏一点。"于是他便开大了门，让我走到隔壁他的书房里去。

任何都不能使许拜维艾尔惊奇，我的访问也不。他和一切东西默契着：和星，和树，和海，和石，和海底的鱼，和墓里的死者。就在相遇的一瞬间，许拜维艾尔已和我成为很熟稔的了，好像我们曾在什么地方相识过一样，好像有什么东西曾把我们系在一起过一样。

我在一张沙发上坐下来，舒适地，像在我自己家中一样。而他，在横身在一张长榻上之后，便用他的好像是记忆中的声音开始说话了：

"是的，我昨晚才听到念你的诗。它们带来了一个新的愉快给我，我向你忏白，我不能有像你的《答客问》那样澄明静止的心。我闭在我的世界中，我不能忘情于它的一切。"

的确，这"无罪的囚徒"并不是一位出世主义者，虽然他竭力摆脱自己，摆脱自己的心。他所需要的是一个更广大深厚得多的世界，包涵日，月，星辰，太空的无空间限制的世界，混合过去、现在与未来的无时间限制的世界；在那里，没有死者和生者的区别，一切东西都是有生命有灵魂的生物。

"我相信能够了解你，"我说，"如果你能够恕我的僭越的话，我可以向你提起你的那首《一头灰色的中国牛》吗？遥远地处于东西两个极端的生物，是有着它们不同的性根，那是当然的，正如乌拉圭的牛沉醉于Pampa的太阳和青空，而中国的牛彳亍于青青的稻田中一样，但是却有一种就是心灵也难以把握得住的东西，使它们默契，把它们联在一起，这东西，我想就是'诗'。"

"这倒是真的，"诗人微笑着说，眼睛发着光，"我们总好像觉得自己是孤独地生活着，被关在一个窄狭到有时几乎不能喘息的范围里，因而我们便不得不常常想到这湫隘的囚牢以外的世界，以及这世界以外的宇宙……"诗人似乎在沉思了；接着，他突然说："想不到你对于我的诗那么熟悉。你觉得它怎样，这首《一头灰色的中国牛》？这是我比较满意的诗中的一首。"

"它启发了我对于你的认识，并使我去更清楚地了解你。"

因为说到中国，许拜维艾尔便和我谈起中国来了。他说他曾经历过许多国土，不过他至今引以为遗憾的，便是他尚未到过中国。他说他的友人昂利·米书（Henry Michaux）曾到过中国，写过一本关于中国的书，对他盛称中国之美，说那自认为最文明的欧洲人，在亚洲只是一个野蛮人而已。我没有读过米书的作品，所以也没有和许拜维艾尔多说下去。可是他却兴奋了起来，好像立时要补偿他的憾恨似地，向我询问起旅行中国的问题来，如旅程要多少日子，旅费大概要多少，入境要经过什么手续，生活程度如何，语言的隔膜如何打破等等。而在从我这里得到一个相当的解决之后，他下着这样的结论：

"我总得到中国去一次。"于是他好像又沉思起来了。

我趁空把这书室打量了一下。那是一间长方形的房间，书架上排列着诗人所爱读的书，书案是在近窗的地方，而在案头，我看见一本新出版的 *Mesures*。窗扉都关闭了，不能望见窗外的远景，而在电灯的光下，壁上的名画便格外烘托出来了；在这里面，我辨出了马谛思（Matisse），塞公沙克（D.de Segonzac），比加索（Picasso）等法国当代画伯的作品。我们是在房间的后部，在那里，散放着几张沙发，一两张小几和一张长榻，而我们的诗人便倚在这靠壁的长榻上；榻旁的小几上放着几张白纸，大概是记录诗人的灵感的。

诗人站了起来，在房里走了几步，于是：

"你最爱那几位法国诗人？"他这样问我。

"这很难说，"我回答，"或许是韩波（Rimbaud）和罗特亥阿蒙（Lautréamont）；在当代人之间呢，我从前喜欢过耶麦（Jammes），福尔（Paul Fort），高克多（Cocteau），雷佛尔第（Reverdy），现在呢，我已把我的偏好移到你和爱吕阿尔（Eluard）身上了。你瞧，这样的驳杂！"

听我数说完了这些名字的时候，许拜维艾尔认真地说：

"这也很自然的。除了少数一二人以外，我的趣味也差不多和你相同的。福尔先生是我尤其感激的，我最初的诗集还是他给我写的序文呢。而罗特亥阿蒙！想不到罗特亥阿蒙也是你所爱好的诗人！那么拉福尔格（Laforguo）呢？"

我们要晓得，拉福尔格和罗特亥阿蒙都是颇有影响于许拜维艾尔的，像他们一样，他是出生在乌拉圭国的蒙德维艾陀（Monteviedo）的，像他们一样，他的祖先是比雷奈山乡人，像他们一样，他是法国诗人。在《引力集》中，我们可以看到下面的诗句：

> 不论在什么地方我都掘着地，希望你会从地下出来，
> 我用肘子推开房屋和森林，去看你在不在后面，
> 我会整夜地大开着门窗等着你，

面前放着两杯酒，而不愿去沾一沾口。

但是，罗特亥阿蒙，

你却不来。

"拉福尔格吗？"我说，"可惜我没有多读他的作品，还在我记忆中保存着的，只《来临的冬天》（*L'hiver Qui Vient*）等数首而已。"接着，我便对他说起他新近出版的诗集《不相识的朋友们》（*Les Amis Inconnus*）：

"我最近读了你的诗集《不相识的朋友们》。"

"是吗？你已经买了吗？我应该送你一册的，可惜我现在手头只剩一本了。你读了吗，你的感想怎样？"

我没有直接回答他，却向他念了一节《不相识的朋友们》中的诗句：

我将来的弟兄们，你们有一天会说，

一位诗人取了我们日常的言语，

用一种无限地更悲哀而稍不残忍一点的

新的悲哀去，驱逐他的悲哀……

在他的瘦长的脸上，又浮上了一片微笑，一片会心的微笑，一边出神地凝视着我。沉默降了下来。

在沉默中，我听到了六下钟声。我来了已有一个多钟头了，我应该走了。我站了起来：

"对不起，我忘记了你牙痛了，我不该再搅扰你，我应该走了。"

"啊！连我自己也忘了牙痛，我还忘了我已约定牙医的时间了，我们都觉得互相有许多话要说。你住在巴黎吗？我们可以约一个时间再谈，你什么时候有空吗？"

"我明天就要离开巴黎，"我说，"而且不久就要离开法国了。"

"是吗？"他惊愕地说，"那么我们这次最初的见面也许就是最后一次了。"

"我希望我能够再到法国来，或你能够实现你的中国旅行。"

"希望如此吧。不错，我不能这样就让你走的，请你等一等。"他说着就走到后面的房间中去。一会儿，他带了一本书出来：

"这是我的第三本诗集《码头》（*Débarcadères*），现在已经绝版，在市上找不到的了，请你收了做个纪念吧！"接着他便取出笔来，在题页上写了这几个字：给诗人戴望舒作为我们初次把晤的纪念。茹勒·许拜维艾尔谨赠。

当我一边称谢一边向他告别的时候，他说：

"等一等，我们一道出去吧。我得去找牙医。我们还可以在路上谈一会儿。"

他进去了，我隐隐听见他和家人谈话的声音，接着他便带了大氅雨伞出来，因为外面在下雨。向这诗人的书斋投射了最后一眼，我便走出了。诗人给我开了门，让我走在前面，他在后面跟着。

"你没有带伞吗？"在楼梯上他对我说，"天在下雨。不要紧，你乘地道车回去吗？我也去乘地道车，我可以送你到那里。
你不会淋湿的。"

到了大门口，他把伞张开了。天在下着密密的细雨，而且斜
风吹着。于是，在这斜风细雨中，在淋湿的铺道上，在他的伞下
面，我们开始彳亍着了。

"你近来有新作吗？"我问。

"我在写一部戏曲，写成了大约交给茹佛（Louis Jouvet）去
演。说起，你看过我的《林中美人》（*La Belle au Bois*）吗？"

"那简直可以说是一首绝好的诗。而比多艾夫夫妇
（Ludmilla et Georges Pitoëff）的演技，那真是一个奇迹！可惜我
没有机会再看一遍了。"

我想起了他的诗作的西班牙文选译集：

"我在西班牙的时候读到你的诗的西班牙译本。如果没
有读过你的诗的话，人们一定会当你做一个当代西班牙大诗人
呢。的确，在有些地方，你是和西班牙现代诗人有着共同之点
的，是吗？"

"约翰·加梭（Jean Cassou）也这样说过。这也是可能的
事，有许多关系把我和西班牙连联在一起。那些西班牙现代的
新诗人们，加尔西亚·洛尔迦（Garcia Lorca），阿尔倍尔谛
（Alberti），沙里纳思（Salinas），季兰（Guillen），阿尔陀拉
季雷（Altolaguirre），都是我的很好的朋友。说起，你也常读这
些西班牙诗人的诗吗？"

"我所爱好的西班牙现代诗人是洛尔迦和沙里纳思。"

我们转了一个弯，经过了一个小方场，夹着雨的风打到我们

的脸上来。许拜维艾尔把伞放低了一些。

"我很想选你一些诗译成中国文，"沉默了一些时候之后我对他说，"你可以告诉我你自己爱好的是那几首吗？"

"唔，让我想想看。"他接着就沉浸在思索中了。

地道车站到了。当我们默不作声地走下地道去的时候，许拜维艾尔对我说：

"你身边有纸吗？"

我从衣袋里取出一张纸给他。他接了纸，取出自来水笔。于是，靠着一个冷清清的报摊，他便把他自己所选的几首诗的诗题写了给我。而当我向他称谢的时候：

"总之，你自己看吧。"他说。

我们走进站去，车立刻就到了。上了拥挤的地道车后，我们都好像被一种窒息的空气以外的东西所封锁住喉咙。我们都缄默着。

Étoile站快到了，我不得不换车回我的居所去。我向诗人握手告别。

"希望我们能够再见吧！"许拜维艾尔紧紧地握着我的手说。

我匆匆地下了车，茫然在月台上站立着。

车隆隆地响着，又开了，载着那还在向我招手的诗人许拜维艾尔，穿到暗黑的隧道中去。

巴黎的书摊

在滞留巴黎的时候，在羁旅之情中可以算做我的赏心乐事的有两件：一是看画，二是访书。在索居无聊的下午或傍晚，我总是出去，把我迟迟的时间消磨在各画廊中和河沿上的。关于前者，我想在另一篇短文中说及，这里，我只想来谈一谈访书的情趣。

其实，说是"访书"，还不如说在河沿上走走或在街头巷尾的各旧书铺进出而已。我没有要觅什么奇书孤本的蓄心，再说，现在已不是在两个铜元一本的木匣里翻出一本Patissier francois的时候了。我之所以这样做，无非为了自己的癖好，就是摩挲观赏一回空手而返，私心也是很满足的，况且薄暮的赛纳河又是这样地窈窕多姿！

我寄寓的地方是Rue de l'Echaudé，走到赛纳河边的书摊，只须沿着赛纳路步行约摸三分钟就到了。但是我不大抄这近路，这样走的时候，赛纳路上的那些画廊总会把我的脚步牵住的，再说，我有一个从头看到尾的癖，我宁可兜远路顺着约可伯路，大学路一直走到巴克路，然后从巴克路走到王桥头。

赛纳河左岸的书摊，便是从那里开始的，从那里到加路赛尔桥，可以算是书摊的第一个地带，虽然位置在巴黎的贵族的第七区，却一点也找不出冠盖的气味来。在这一地带的书摊，大约可以分这几类：第一是卖廉价的新书的，大都是各书店出清的底货，价钱的确公道，只是要你会还价，例如旧书铺里要卖到五六百法郎的勒纳尔（J.Renard）的《日记》，在那里你只须花二百法郎光景就可以买到，而且是崭新的。我的加梭所译的赛尔房德思的《模范小说》，整批的《欧罗巴杂志丛书》，便都是从那儿买来的。这一类书在别处也有，只是没有这一带集中吧。其次是卖英文书的，这大概和附近的外交部或奥莱昂车站多少有点关系吧。可是这些英文书的买主却并不多，所以花两三个法郎从那些冷清清的摊子里把一本初版本的《万牲园里的一个人》带回寓所去，这种机会，也是常有的。第三是卖地道的古版书的，十七世纪的白羊皮面书，十八世纪饰花的皮脊书等等，都小心地盛在玻璃的书柜里，上了锁，不能任意地翻看，其他价值较次的古书，则杂乱地在木匣中堆积着。对着这一大堆你挨我挤着的古老的东西，真不知道如何下手。这种书摊前比较热闹一点，买书大多数是中年人或老人。这些书摊上的书，如果书摊主是知道值钱的，你便会被他敲了去，如果他不识货，你便占了便宜来。我曾经从那一带的一位很精明的书摊老板手里，花了五个法郎买到一本一七六五年初版本的Du Laurens的*Imirce*，至今犹有得意之色：第一因为*Imirce*是一部干禁书，其次这价钱实在太便宜也。第四类是卖淫书的，这种书摊在这一带上只有一两个，而所谓淫书者，实际也仅仅是表面的，骨子里并没有什么了不得，大都是现代人的东西，写来骗骗人的。记得靠近王桥的第一家书摊就是这一类的，老板娘是一个四五十岁的虔婆，当我有一回逗留了一下的时候，她就把我当做好主顾而怂恿我买，使我留下极坏的印象，以后就敬而远之了。其实那些地道的"珍秘"的书，如果你不愿出大价钱，还是要费力气角角落落去寻的，我曾在一家犹太人开的破货店里一大堆废书中，翻到过一本原文的Cleland的 *Fanny Hill*，只出了一个法郎买回来，真是意想不到的事。

从加路赛尔桥到新桥，可以算是书摊的第二个地带。在这一带，对面的美术学校和钱币局的影响是显著的。在这里，书摊老板是兼卖板画图片的，有时小小的书摊上挂得满目琳琅，原张的蚀雕，从书本上拆下的插图，戏院的招贴，花卉鸟兽人物的彩图，地图，风景片，大大小小各色俱全，反而把书列居次位了。在这些书摊上，我们是难得碰到什么值得一翻的书的，书都破旧不堪，满是灰尘，而且有一大部分是无用的教科书，展览会和画商拍卖的目录。此外，在这一带我们还可以发现两个专卖旧钱币纹章等而不卖书的摊子，夹在书摊中间，作一个很特别的点缀。这些卖画卖钱币的摊子，我总是望望然而去之的，（记得有一天一位法国朋友拉着我在这些钱币摊子前逗留了长久，他看得津津有味，我却委实十分难受，以后到河沿上走，总不愿和别人一道了。）然而在这一带却也有一两个很好的书摊子。一个摊子是一个老年人摆的，并不是他的书特别比别人丰富，却是他为人特别和气，和他交易，成功的回数居多。我有一本高克多（Cocteau）亲笔签字赠给诗人费尔囊·提华尔（Fernand Divoire）的 *Le Grand Ecart*，便是从他那儿以极廉的价钱买来的，而我在加里马尔书店买的高克多亲笔签名赠给诗人法尔格（Fargue）的初版本Opera，却使我花了七十法郎。但是我相信这是他错给我的，因为书是用蜡纸包封着，他没有拆开来看一看；看见了那献辞的时候，他也许不会这样便宜卖给我。另一个摊子是一个青年人摆的，书的选择颇精，大都是现代作品的初版和善本，所以常常得到我的光顾。我只知道这青年人的名字叫昂德莱，因为他的同行们这样称呼他，人很圆滑，自言和各书店很熟，可以弄得到价廉物美的后门货，如果顾客指定要什么书，他都可以设法。可是我请他弄一部《纪德全集》，他始终没有给我办到。

可以划在第三地带的是从新桥经过圣米式尔场到小桥这一段。这一段是赛纳河左岸书摊中的最繁荣的一段。在这一带，书摊比较都整齐一点，而且方面也多一点，太太们家里没事想到这里来找几本小说消闲，也有；学生们贪便宜想到这里来买教科书参考书，也有；文艺爱好者到这里来寻几本新出版的书，也有；学者们要研究书，藏书家要善本书，猎奇者要珍秘书，都可在这一带获得满意而回。在这一带，书价是要比他处高一些，然而总比到旧书铺里去买便宜。健吾兄觅了长久才在圣米式尔大场的一家旧书铺中觅到了一部《龚果尔日记》，花了六百法郎喜欣欣的捧了回去，以为便宜万分，可是在不久之后我就在这一带的一个书摊上发现了同样的一部，而装订却考究得多，索价就只要二百五十法郎，使他悔之不及。可是这种事是可遇而不可求的，跑跑旧书摊的人第一不要抱什么一定的目的，第二要有闲暇有耐心，翻得有劲儿便多翻翻，翻倦了便看看街头熙来攘往的行人，看看旁边赛纳河静静的逝水，否则跑得腿酸汗流，眼花神倦，还是一场没结果回去。话又说远了，还是来说这一带的书摊吧。我说这一带的书较别带为贵，也不是胡说的，例如整套的

*Echanges*杂志，在第一地带中买只须十五个法郎，这里却一定要二十个，少一个不卖；当时新出版原价是二十四法朗的Celine的*Voyage au boutde la nuit*，在那里买也非十八法郎不可，竟只等于原价的七五折。这些情形有时会令人生气，可是为了要读，也不得不买回去。价格最高的是靠近圣米式尔场的那两个专卖教科书参考书的摊子。学生们为了要用，也不得不硬了头皮去买，总比买新书便宜点。我从来没有做过这些摊子的主顾，反之他们倒做过我的主顾。因为我用不着的参考书，在穷极无聊的时候总是拿去卖给他们的。这里，我要说一句公平话：他们所给的价钱的确比季倍尔书店高一点。这一带专卖近代善本书的摊子只有一个，在过了圣米式尔场不远快到小桥的地方。摊主是一个不大开口的中年人，价钱也不算顶贵，只是他一开口你就莫想还价，就是答应你还也是相差有限的，所以看着他陈列着的《泊鲁思特全集》，插图的《天方夜谭》全译本，Chirico插图的阿保里奈尔的*Calligrammes*，也只好眼红而已。在这一带，诗集似乎比别处多一些，名家的诗集花四五个法郎就可以买一册回去，至于较新一点的诗人的集子，你只要到一法郎或甚至五十生丁的木匣里去找就是了。我的那本仅印百册的Jean Gris插图的Reverdy的《沉睡的古琴集》，超现实主义诗人Gui Rosey的《三十年战争集》等等，便都是从这些廉价的木匣子里翻出来的。还有，我忘记说了，这一带还有一两个专卖乐谱的书铺，只是对于此道我是门外汉，从来没有去领教过罢。

从小桥到须里桥那一段，可以算是河沿书摊的第四地带，也就是最后的地带。从这里起，书摊便渐渐地趋于冷落了。在近小桥的一带，你还可以找到一点你所需要的东西，例如有一个摊子就有大批N.R.F.和Crasset出版的书，可是那位老板娘讨价却实在太狠，定价十五法郎的书总要讨你十二三个法郎，而且又往往要自以为在行，凡是她心目中的现代大作家，如摩里阿克，摩洛阿，爱眉（Aymé）等，就要敲你一笔竹杠，一点也不肯让价；反之，像拉尔波，茹昂陀，拉第该，阿朗等优秀作家的作品，她倒肯廉价卖给你。从小桥一带再走过去，便每况愈下了。起先是虽然没有什么好书，但总还能维持河沿书摊的尊严的摊子，以后呢，卖破旧不堪的通俗小说杂志的也有了，卖陈旧的教科书和一无用处的废纸的也有了，快到须里桥那一带，竟连卖破铜烂铁，旧摆设，假古董的也有了；而那些摊子的主人呢，他们的样子和那在下面赛纳河岸上喝劣酒，钓鱼或睡午觉的街头巡阅使（Clochard），简直就没有什么大两样。到了这个时候，巴黎左岸书摊的气运已经尽了，你的腿也走乏了，你的眼睛也看倦了，如果你袋中尚有余钱，你便可以到圣日尔曼大街口的小咖啡店里去坐一会儿，喝一杯儿热热的浓浓的咖啡，然后把你沿路的收获打开来，预先摩挲一遍，否则如果你已倾了囊，那么你就走上须理桥去，倚着桥栏，俯看那满载着古愁并饱和着圣母祠的钟声的，赛纳河的悠悠的流水，然后在华灯初上之中，闲步缓缓归去，倒也是一个经济而又有诗情的办法。

说到这里，我所说的都是赛纳河左岸的书摊，至于右岸的呢，虽则有从新桥到沙德莱场，从沙德莱场到市政厅附近这两段，可是因为传统的关系，因为所处的地位的关系，也因为货色的关系，它们都没有左岸的重要。只在走完了左岸的书摊尚有余兴的时候或从卢佛尔（Louvre）出来的时候，我才顺便去走走，虽然间有所获，如查拉的*L'homme approximatif*或卢梭（Henri Rousseau）的画集，但这是极其偶然的事；通常，我不是空手而归，便是被那街上的鱼虫花鸟店所吸引了过去。所以，原意去"访书"而结果买了一头红颈雀回来，也是有过的事。

记马德里的书市

无匹的散文家阿索林，曾经在一篇短文中，将法国的书店和西班牙的书店，作了一个比较。他说：

> 在法兰西，差不多一切书店都可以自由地进去，行人可以披览书籍而并不引起书贾的不安；书贾很明白，书籍的爱好者不必常常要购买，而他的走进书店去，也并不目的是为了买书；可是，在翻阅之下，偶然有一部书引起了他的兴趣，他就买了它去。在西班牙呢，那些书店都像神圣的圣体龛子那样严封密闭着，而一个陌生人走进书店里去，摩挲书籍，翻阅一会儿，然而又从来路而去这等的事，那简直是荒诞不经，闻所未闻的。

阿索林对于他本国书店的批评，未免过分严格一点。巴黎的书店也尽有严封密闭着，像右岸大街的一些书店那样，而马德里的书店之可以进出无人过问翻看随你的，却也不在少数。如果阿索林先生愿意，我是很可以举出这两地的书店的名称来作证的。

公正地说，法国的书贾对于顾客的心理研究得更深切一点，他们知道，常常来翻翻看看的人，临了总会买一两本回去的；如果这次不买，那么也许是因为他对于那本书的作者还陌生，也许他觉得那版本不够好，也许他身边没有带够钱，也许他根本只是到书店来消磨一刻空闲的时间。而对于这些人，最好的办法是不理不睬，由他去翻看一个饱。如果殷勤招待，问长问短，那就反而招致他们的麻烦，因而以后就不敢常常来了。

的确，我们走进一家书店去，并不像那些学期开始时抄好书单的学生一样，先有了成见要买什么书的。我们看看某个出版社或某个作家是不是有新书出版；我们看看那已在报上刊出广告来的某一本书，内容是否和书评符合；我们把某一部书的版本，和我们已有的同一部书的版本作一个比较；或仅仅是我们约了一位朋友在三点钟会面，而现在只是两点半。走进一家书店去，在我们就像别的人踏进一家咖啡店一样，其目的并不在喝一杯苦水也。因此我们最怕主人的殷勤。第一，他分散了你的注意力，使你不得不想出话去应付他；其次，他会使你警悟到一种歉意，觉得这样非买一部书不可。这样，你全部的闲情逸致就给他们一扫而尽了。你感到受人注意着，监视着，感到担着一重义务，负着一笔必须偿付的债了。

西班牙的书店之所以受阿索林的责备，其原因就是他们不明顾客的心理。他们大都是过分殷勤讨好。他们的态度是没有恶意的，然而对于顾客所生的效果，却适得其反。记得一九三四年在马德里的时候，一天闲着没事，到最大的"爱斯巴沙加尔贝书店"去浏览，一进门就受到殷勤的店员招待，陪着走来走去，问长问短，介绍这部，推荐那部，不但不给一点空闲，连自由也没有了。自然不好意思不买，结果选购了一本廉价的奥尔德加伊加赛德的小书，满身不舒服地辞了出来。自此以后，就不敢再踏进门槛去了。

在"文艺复兴书店"也遇到类似的情形，可是那次却是硬着头皮一本也不买走出来的。而在马德里我买书最多的地方，却反而是对于主顾并不殷勤招待的圣倍拿陀大街的"迦尔西亚书店"，王子街的"倍尔特朗书店"，特别是"书市"。

"书市"是在农工商部对面的小路沿墙一带。从太阳门出发，经过加雷达思街，沿着阿多恰街走过去，走到南火车站附近，在左面，我们碰到了那农工商部，而在这黑黝黝的建筑的对面小路口，我们就看到了几个黑墨写着的字：La Feria de los Libros。那意思就是"书市"。在往时，据说这传统的书市是在农工商部对面的那一条宽阔的林荫道上的，而我在马德里的时候，它却的确移到小路上去了。

这传统的书市是在每年的九月下旬开始，十月底结束的。在这些秋高气爽的日子，到书市中去漫走一下，寻寻，翻翻，看看那些古旧的书，褪了色的版画，各色各样的印刷品，大概也可以算是人生的一乐吧。书市的规模并不大，一列木板盖搭的，肮脏，零乱的小屋，一共有十来间。其中也有一两家兼卖古董的，但到底卖书的还是占着极大的多数。而使人更感到可喜的，便是我们可以随便翻看那些书而不必负起任何购买的义务。

新出版的诗文集和小说，是和羊皮或小牛皮封面的古本杂放在一起。当你看见圣女戴蕾沙的《居室》和共产主义诗人阿尔倍谛的诗集对立着，古代法典《七部》和《马德里卖淫业凋查》并排着的时候，你一定会失笑吧。然而那迷人之处，却正存在于这种杂乱和漫不经心之处。把书籍分门别类，排列得整整齐齐，固然能叫人一目了然，但是这种安排却会使人望而却步，因为这样就使人不敢随便抽看，怕捣乱了人家固有的秩序；如果本来就是这样乱七八糟的，我们就百无禁忌了。再说，旧书店的妙处就在其杂乱，杂乱而后见繁复，繁复然后生趣味。如果你能够从这一大堆的混乱之中发现一部正是你踏破铁鞋无觅处的书来，那是怎样大的喜悦啊！

书价低廉是那里的最大的长处。书店要卖七个以至十个贝色达的新书，那里出两三个贝色达就可以携归了。寒斋的阿耶拉全集，阿索林，乌拿莫诺，巴罗哈，瓦利英克朗，米罗等现代作家的小说和散文集，洛尔迦，阿尔倍谛，季兰，沙里纳思等当代诗人的诗集，珍贵的小杂志，都是从那里陆续购得的。我现在也还记得那第三间小木舍的被人叫做华尼多大叔的须眉皆白的店主。我记得他，因为他的书籍的丰富，他的态度的和易，特别是因为那个坐在书城中，把青春的新鲜和故纸的古老成着奇特的对比的，张着青色忧悒的大眼睛望着远方的云树的，他的美丽的孙女儿。

我在马德里的大部分闲暇时间，甚至在革命发生，街头枪声四起，铁骑纵横的时候，也都是在那书市的故纸堆里消磨了的。在傍晚，听着南火车站的汽笛声，踏着疲倦的步子，臂间夹着厚厚的已绝版的赛哈道的《塞万提斯辞典》或是薄薄的阿尔陀拉季雷的签字本诗集，慢慢地沿着灯光已明的阿多恰大街，越过熙来攘往的太阳门广场，慢慢地踱回寓所去对灯披览，这种乐趣恐怕是很少有人能够领略的吧。

　　然而十月在不知不觉之中快流尽了。树叶子开始凋零，夹衣在风中也感到微寒了。马德里的残秋是忧郁的，有几天简直不想闲逛了。公寓生活是有趣的，和同寓的大学生聊聊天，和舞姬调调情，就很快地过了几天。接着，有一天你打叠起精神，再踱到书市去，想看看有什么合意的书，或仅仅看看那青色的忧悒的大眼睛。可是，出乎意外地，那些小木屋都已紧闭着门了。小路显得更宽敞一点，更清冷一点，南火车站的汽笛声显得更频繁而清晰一点。而在路上，凋零的残叶夹杂着纸片书页，给冷冷的风寂寞地吹了过来，又寂寞地吹了过去。

山居杂缀

山风

窗外，隔着夜的帡幪，迷茫的山岚大概已把整个峰峦笼罩住了吧。冷冷的风从山上吹下来，带着潮湿，带着太阳的气味，或是带着几点从山涧中飞溅出来的水，来叩我的玻璃窗了。

敬礼啊，山风！我敞开窗门欢迎你，我敞开衣襟欢迎你。

抚过云的边缘，抚过崖边的小花，抚过有野兽躺过的岩石，抚过缄默的泥土，抚过歌唱的泉流，你现在来轻轻地抚我了。说啊，山风，你是否从我胸头感到了云的飘忽，花的寂寥，岩石的坚实，泥土的沉郁，泉流的活泼？你会不会说："这是一个奇异的生物！"

雨

雨停止了，檐溜还是叮叮地响着，给梦拍着柔和的拍子，好像在江南的一只乌篷船中一样。"春水碧如天，画船听雨眠"，韦庄的词句又浮到脑中来了。奇迹也许突然发生了吧，也许我已被魔法移到苕溪或是西湖的小船中了吧……

然而突然，香港的倾盆大雨又降下来了。

树

路上的列树已斩伐尽了，疏疏朗朗地残留着可怜的树根。路显得宽阔了一点，短了一点，天和人的距离似乎更接近了。太阳直射到头顶上，雨直淋到身上……是的，我们需要阳光，但是我们也需要阴荫啊！早晨鸟雀的啁啾声没有了，傍晚舒徐的散步没有了。空虚的路，寂寞的路！

离门前不远的地方，本来有一棵合欢树，去年秋天，我也还采过那长长的荚果给我的女儿玩的。它曾经娉婷地站立在那里，高高地张开它的青翠的华盖一般的叶子，寄托了我们的梦想，又给我们以清阴。而现在，我们却只能在虚空之中，在浮着云片的碧空的背景上，徒然地描画它的青翠之姿了。像现在这样的夏天的早晨，它的鲜绿的叶子和火红照眼的花，会给我们怎样的一种清新之感啊！它的浓荫之中藏着雏鸟小小的啼声，会给我们怎样的一种喜悦啊！想想吧，它的消失对于我们是怎样地可悲啊！

抱着幼小的孩子，我又走到那棵合欢树的树根边来了。锯痕已由淡黄变成黝黑了，然而年轮却还是清清楚楚的，并没有给苔藓或是芝菌侵蚀去。我无聊地数着这一圈圈的年轮，四十二圈！正是我的年龄。它和我度过了同样的岁月，这可怜的合欢树！

树啊，谁更不幸一点，是你呢，还是我？

失去的园子

跋涉的挂虑使我失去了眼界的辽阔和余暇的寄托。我的意思是说，自从我怕走漫漫的长途而移居到这中区的最高一条街以来，我便不再能天天望见大海，不再拥有一个小圃了。屋子后面是高楼，前面是更高的山；门临街路，一点隙地也没有。从此，我便对山面壁而居，而最使我怅惘的，特别是旧居中的那一片小小的园子，那一片由我亲手拓荒，耕耘，施肥，播种，灌溉，收获过的贫瘠的土地。那园子临着海，四周是苍翠的松树，每当耕倦了，抛下锄头，坐到松树下面去，迎着从远处渔帆上吹来的风，望着辽阔的海，就已经使人心醉了。何况它又按着季节，给我们以意外丰富的收获呢？

可是搬到这里来以后，一切都改变了。载在火车上和书籍一同搬来的耕具：锄头，铁耙，铲子，尖锄，除草耙，移植铲，灌溉壶等等，都冷落地被抛弃在天台上，而且生了锈。这些可怜的东西！它们应该像我一样地寂寞吧。

好像是本能地，我不时想着"现在是种番茄的时候了"，或是"现在玉蜀黍可以收获了"，或是"要是我能从家乡弄到一点蚕豆种就好了"！我把这种思想告诉了妻，于是她就提议说："我们要不要像邻居那样，叫人挑泥到天台上去，在那里辟一个园地？"可是我立刻反对，因为天台是那么小，而且阳光也那么少，给四面的高楼遮住了。于是这计划打消了，而旧园的梦想却仍旧继续着。

大概看到我常常为这样思想困恼着吧，妻在偷偷地活动着。于是，有一天，她高高兴兴地来对我说了："你可以有一个真正的园子了。你不看见我们对邻有一片空地吗？他们人少，种不了许多地，我已和他们商量好，划一部分地给我们种，水也很方便。现在，你说什么时候开始吧？"

她一定以为会给我一个意外的喜悦的，可是我却含糊地应着，心里想："那不是我的园地，我要我自己的园地。"可是，为了要不使妻太难堪，我期期地回答她："你不是劝我不要太疲劳吗？你的话是对的，我需要休息。我们把这种地的计划打消了吧。"

再生的波兰

> 他们在瓦砾之中生长着，以防空洞为家，以咖啡店为办事处，食无定时，穿不称身的旧衣，但是他们却微笑着，骄傲地过着生活。

波兰的生活已慢慢地趋向正常了，但是这个过程却是痛苦的。混乱和破坏便是德国人在五年半的占领之后所留下的遗物。什么东西都必须从头做起。波兰好像是一片殖民的土地，必须要从一片空无所有的地方建立一个新的社会，一个经济秩序和一个政治行政。除此以外，带有一个附加的困难：德国人所播下的仇恨和猜疑的种子，必须连根铲除。

这里是几幅画像。在华沙区中，砖瓦工业已差不多完全破坏了，而华沙却急着需要砖瓦，因为它百分之八十五的房屋都已坍败了。第一件急务是重建砖瓦工业。那些未受损害的西莱细亚区域的工场，在战前每年能够出产七万万块砖瓦。它们可能立刻拿来用，但是困难却在运输上。铁路的货车已毁坏了，残余下多少交通材料尚待调查。政府想用汽车和运货汽车来补充。UNNRA已经开始交货了，而且也答应得更多一点。

百分之六十的波兰面粉厂已变成瓦砾场了。政府感到重建它们的急要，现在已开始帮助它们重建了。在一万二十间面粉厂之中，二千间是由政府直接管理的——这些大都是被赶去了的德国人的产业。其余的面粉厂也由官方代管着，等待主有者来接收。

华沙是战争的最悲剧的城，又是世界上最古怪的城。在它的大街上走着的时候，你除了废墟之外什么也看不到。这座城好像是死去而没有鬼魂出没的，可是从这些废墟之间，却浮现出生活来，一种认真的、工作而吃苦的生活，但却也是一种令人惊奇的快乐的生活。

你看见那些微笑的脸儿，忙碌的人物，跑来跑去的人。交通是十分不方便，少数的几架电车不够符合市民的需要，所以停车站上都排着长长的队伍。

今日华沙的最动人的景象，也许就是废墟之间的咖啡店生活吧。化为一堆瓦砾的大厦，当你在旁边走过的时候，也许会辨认不出来吧。瓦砾已被清除了，十张桌子和四十张椅子，整整齐齐地安排在那往时的大厦的楼下一层的餐室中，门口挂着一块招牌，骄傲地宣称这是"巴黎咖啡店"。顾客们来来去去，侍者侍候他们，生活就回到了那废墟。在今日，这些咖啡店就是复活的华沙的象征。

人们住在地下防空洞，临时搭的房间，或是郊外的避弹屋。这些住所是只适合度夜的，成千成万的人都把他们的日子消磨在咖啡店中。那些咖啡店，有时候是设在一所破坏了的屋子的最低一层，上面临时用木板或是洋铁皮遮盖着；有时设在那在轰炸中神奇地保全了的玻璃顶阳台上；但是大部分的咖啡店，却都是露天的。在那里，人们坐着谈天，讲生意，办公事。他们似乎很快乐，但是如果你听他们谈话，你可以听见他们在那儿抱怨。他们不满意建筑太慢，交通太不方便。

这种临时的咖啡店吸引了各色各样的顾客：贩子们兜人买自来水笔和旧衣服，孩子卖报纸，还有一种特别的人物，那就是专卖外国货币的人。什么事都有变通办法，如果有一件东西是无法弄得到的，只要一说出来，过了一小时你就可以弄到手。和咖啡店作着竞争的，有店铺和摊位。只消在被炮火打得洞穿的墙上钉几块木牌，店铺就开出来了。那些招牌宣告了那些店铺的存在和性质，"巴黎理发店""整旧如新，立等即有"等等。在另一条街上，在破碎的玻璃后面，几枝花和一块招牌写着"小勃里斯多尔"——原来在旧日的华沙，勃里斯多尔饭店是最大的旅馆。

这便是街头的生活，但是微笑的脸儿却隐藏着无数的忧虑。人民的衣服都穿得很坏；在波兰全国，衣服和皮革都缺乏得很，许多人都穿着几年以前的旧衣服，用不论任何方法去聊以蔽体。有的人则买旧衣服来穿，也不管那些衣服称身不称身，袖短及肘，裤短及膝的，也是常见的了。

在生活的每一部门，都缺乏熟练的人手。医生非常稀少，而人民却急需医药。几年以来，他们都是营养不良而且常常生病。孩子们都缺乏维他命和医药。留在那里的医生都忙得不可开交，他们不得不去和希特勒的饥饿政策和缺乏卫生的后患斗争，然而人民却并不仅仅生活，他们还亲切而骄傲地生活。那最初在华沙行驶的电车都结满了花带。那些并不比摊子大一点的店铺都卖着花。在波兰，差不多已经有三十家戏院开门了，而克格哥交响乐队，也经常奏演了。

报纸、杂志和专门出版物，都渐渐多起来，但是纸张的缺乏却妨碍了出版界的发展。小学和大学都重开了，但是书籍和仪器却十分缺乏。

在波兰，差不多任何东西都是不够供应。物价是高过受薪阶层的购买力。运输的缺乏增加了食品分配的困难，但是工厂和餐室以及政府机关的食堂，却都竭力弥补这个缺陷。在波兰的经济机构中，是有着那么许多空洞，你刚补好了一个洞，另外五个洞又现出来了。经济的发动机的操纵杆不能操纵自如，于是整部车子走几码就停下来了。

除了物质的需要之外，还有精神的不安。精确的估计算出，从一九三九年起，波兰死亡的总数有六百万人。现在还有成千成万的人，都还不知道自己的家属的存亡和命运。幸而人民的精神拯救了这个现状。他们泰然微笑地穿着他们不称身的衣服，吃着他们的不规则的饭食，忍受着物品的缺乏和运输的迟缓。他们已下了决心，要使波兰重新生活起来。

香港的旧书市

这里有生意经，也有神话。

香港人对于书的估价，往往是会使外方人吃惊的。明清善本书可以论斤称，而一部极平常的书却会被人视为稀世之珍。一位朋友告诉我，他的亲戚珍藏着一部《中华民国邮政地图》，待价而沽，须港币五千元（合国币四百万元）方肯出让。这等奇闻，恐怕只有在那个小岛上听得到吧。版本自然更谈不到，"明版康熙字典"一类的笑谈，在那里也是家常便饭了。

这样的一个地方，旧书市的性质自然和北平、上海、苏州、杭州、南京等地不同，不但是规模的大小而已，就连收买的方式和售出的对象，也都有很大的差别。那里卖旧书的仅是一些变相的地摊，沿街靠壁钉一两个木板架子，搭一个避风雨的遮棚，如此而已。收书是论斤断秤的，道林纸和报纸印的书每斤出价约港币一二毫，而全张报纸的价钱却反而高一倍；有硬面书皮的洋装书更便宜一点，因为纸板"重秤"，中国纸的线装书，出到一毫一斤就是最高的价钱了。他们比较肯出价钱的倒是学校用的教科书、簿记学书、研究养鸡养兔的书等等，因为要这些书的人是非购不可的，所以他们也就肯以高价收入了。其次是医科和工科用书，为的是转运内地可以卖很高的价钱。此外便剩下"杂书"，只得卖给那些不大肯出钱的他们所谓"藏家"和"睇家"了。他们最大的主顾是小贩。这并不是说香港小贩最深知读书之"实惠"的人，在他们是无足重轻的。

旧书摊最多的是皇后大道中央戏院附近的楼梯街，现在共有五个摊子。从大道拾级上去，左第一家是"龄记"，管摊的是一个十余岁的孩子（他父亲则在下面一点公厕旁边摆废纸摊），年纪最小，却懂得许多事。著《相对论》的是爱因斯坦，歌德是德国大文豪，他都头头是道。日寇占领香港后，这摊子收到了大批德日文学书，现在已卖得一本也不剩，又经过了一次失窃，现在已没有什么好东西了。隔壁是"焯记"，摊主是一个老实有礼貌的中年人，专卖中国铅印书，价钱可不便宜，不看也没有什么关系。他对面是"季记"，管摊的是姐妹二人。到底是女人，收书卖书都差点功夫。虽则有时能看顾客的眼色和态度见风使舵，可是索价总嫌"离谱"（粤语不合分寸）一点。从前还有一些四部丛刊零本，现在却单靠卖教科书和字帖了。"季记"隔壁本来还有"江培记"，因为生意不好，已把存货称给鸭巴甸街的"黄沛记"，摊位也顶给卖旧铜烂铁的了。上去一点，在摩罗街口，是"德信书店"，虽号称书店，却仍旧还是一个摊子。主持人是一对少年夫妇，书相当多，可是也相当贵。他以为是好书，就一分钱也不让价，反之，没有被他注意的书，讨价之廉竟会使人不相信。"格吕尼"版的波德莱尔的《恶之花》和韩波的《作品集》，两册只讨港币一元，希米忒的《莎士比亚字典》会论斤称给你，这等事在我们看来，差不多有点近乎神话了。"德信书店"隔壁是"华记"。虽则摊号仍是"华记"，老板却已换过了。原来的老板是一家父母兄弟四人，在沦陷期中旧书全盛时代，他们在楼梯街竟拥有两个摊子之多。一个是现在这老地方，一个是在"焯记"隔壁，现在已变成旧衣摊了。因为来路稀少，顾客不多，他们便把滞销的书盘给了现在的管摊人，带着好销一些的书到广州去开店了，听说生意还不错呢。现在的"华记"已不如从前远甚，可是因为地利的关系（因为这是这条街第一个摊子，经荷里活道拿下旧书来卖的，第一先经过他的手，好的便宜的，他有选择的优先权），有时还有一点好东西。

在楼梯街，当你走到了"华记"的时候，书市便到了尽头。那时你便向左转，沿着荷里活道走两三百步，于是你便走到鸭巴甸街口。

鸭巴甸街的书摊名声还远不及楼梯街的大，规模也比较小一点，书类也比较新一点。可是那里的书，一般地说来，是比较便宜点。下坡左首第一家是"黄沛记"，摊主是世业旧书的，所以对于木版书的知识，是比其余的丰富得多，可是对于西文书，就十分外行了。在各摊中，这是取价最廉的一个。他抱着薄利多销主义，所以虽在米珠薪桂的时期，虽则有八口之家，他还是每餐可以饮二两双蒸酒。可是近来他的摊子上也没有什么书，只剩下大批无人过问的日文书，和往日收下来的瓷器古董了。"黄沛记"对面是"董莹光"，也是鸭巴甸街的一个老土地，可是人们却称呼它为"大光灯"。大光灯意思就是煤油打气灯。因为战前这个摊子除了卖旧书以外还出租煤油打气灯。那些"大光灯"现在已不存在了，而这雅号却留了下来。"大光灯"的书本来是不贵的，可是近来的索价却大大地"离谱"。据内中人说，因为有几次随便开了大价，居然有人照付了，他卖出味道来，以后就一味地上天讨价了。从"董莹光"走下几步，开在一个店铺中的，是"萧建英"。如果你说他是书摊，他一定会跳起来，因为在楼梯街和鸭巴甸街这两条街上，他是唯一有店铺的——虽则是极其简陋的店铺。管店的是兄弟二人。那做哥哥的人称之为"高佬"，因为又高又瘦。他从前是送行情单的，路头很熟，现在也差不多整天不在店，却四面奔走着收书。实际上在做生意的是他的十四五岁的弟弟。虽则还是一个孩子，做生意的本领却比哥哥更好，抓定了一个价钱之后，你就莫想他让一步。所以你想便宜一点，还是和"高佬"相商。因为"高佬"收得勤，书摊是常常有新书的。可是，近几月以来，因为来源涸绝，不得不把店面的一半分租给另一个专卖翻版书的摊子了。

在现在的"萧建英"斜对面，战前还有一家"民生书店"，是香港唯一专卖线装古书的书店，而且还代顾客装潢书籍号书根。工作不能算顶好，可是在香港却是独一无二的。不幸在香港沦陷后就关了门，现在，如果在香港想补裱古书，除了送到广州去以外就毫无办法了。

鸭巴甸街的书摊尽于此矣，香港的书市也就到了尽头了。此外，东碎西碎还有几家书摊，如中环街市旁以卖废纸为主的一家，西营盘兼卖教科书的"肥林"，跑马地黄泥甬道以租书为主的一家，可是绝少有可买的书，奉劝不必劳驾。再等而下之，那就是禧利街晚间的地道的地摊子了。

《鹅妈妈的故事》序引

我很猜得到，小朋友们从书铺子里买到了这本小书之后，是急于翻开第一篇《林中睡美人》或其他题目最称心的故事来看。因此之故，我又何尝不明白，在这样一本趣味丰富的童话集上加一篇序引，虽然是短短的，也终于是一桩虚费的事。

但是，我想，这样一个享受了三百年大名的童话作家和他的最使全世界的儿童眉飞色舞的《鹅妈妈的故事》，到如今，完完全全的介绍给我国的小朋友，那么在这时候，略为写一些介绍的话，似乎也不能算是多事。况且，我又想，虽然名为序引，我却希望小朋友们在这小书中所包含的八篇故事都看完之后，重又翻转书来，读这小引：那么，既可以不先阻了小朋友们的兴趣，又可以使这故事的阅读或听讲者，对于这讲故事的人，有一些较密切的认识，不也是一个较妥善的办法吗？

为了上面的原故，这篇小引便如是写着：

这一本美丽的故事集的作者，沙尔·贝洛尔（Charles Perrault），是法国人；一千六百二十八年生于巴黎。他的父亲比哀尔·贝洛尔（Pierre Perrault）是一位辩护士。他有三个哥哥，都是很出名的人，尤其是他的二哥，格洛特（Claude），始习物理学，继业建筑，所享声名，却也不亚于他。

在幼年时候，八岁零六个月，他被送到波凡学院去读书，但因为他有过人的天才，求知欲的异常的发达，读书的不肯含混，所以曾经与他的教师起了剧烈的辩论。后来，因为过分的厌弃学校生活，他的固执的，自信甚强的癖性，帮助他居然争到了父亲的允许，任他退出学校，自由研究学问。

既放任了他的自由意志，听他精进地独自采索着博大宏深的知识，他的过人的成绩使他在一千六百五十一年，在奥莱盎，得了法学硕士的学位。他便回到那浓云密雾的巴黎，执行律师业务。但这时期并不长久。

从一千六百五十四年起，他父亲也在巴黎得了一个较大的官职，他便不再出庭，而改充他父亲的书记。在这时期中，他一方面从事于职务，一方面却依旧沉溺于文学，艺术和其他学问。在一千六百五十七年，他曾用他艺术的素养，帮助他二哥格洛特建筑了一所精美绝伦的屋子。这种天才的表现，当时就受知于总理大臣高尔培尔（Colbert）。一千六百六十三年，他受聘为这位总理的秘书，赞襄一切科学，文学，艺术事项。

高尔培尔很钦佩他的才能和人格，很看重他；在一千六百七十一年，高尔培尔便推举他为法兰西学院（L' Académie Francaise）的会员。在这个光荣的学术团体中，他尽力地秉着他的才干，把它好好的整顿了一番，使法兰西学院树立了永久的基础。

但是，因为他是一个富有进取精神的人，他要革除旧的，建设新的；他要推倒传统思想，树立自由的意志，所以当他有一次在学院中宣读例课的时候，他读了他的一首诗《路易十四时代》（*Le siecle de Louis XIV*），其中有几句话盛赞现代远胜古代。这些诗句，当下引起了文坛的一场论战，尤其是诗人薄阿洛（Boileau），为了祖护古典的光荣起见，在盛怒之下，竟用许多粗暴的辞句来抨击他。他虽然是一个有好脾气，好品格的人，但为了他自己的意志和思想，在一六八八至一六九六年之内便长长的写了一首《古今较》（*Le Paralelle des Anciens et des Modernes*），在这首诗中，他更详细的阐发他的今优于古的见解。于是两方面便旗鼓相当的互施掊击，同时又有许多文人加入了战团，各为自己所信仰的一方面援助。这次论战，虽然并没有显明的胜负分出，但其影响后来却竟波及英国文坛。

一千六百八十三年，他的知遇者高尔培尔死了，他也便结束了他的政务生涯，从此息影家园，笑弄孺子，以了余年。

他很快乐地教导着他的孩子，高兴时便写了些文字。于是在那首《古今较》之外，他又采取了意大利濮加屈（Boccaccio）的故事，用韵文写了一部小说《格利赛利第的坚忍》（*La Patience de Griselidis*），一千六百九十一年在巴黎出版。到一千六百九十四年，他又出版了两种韵文故事：《驴皮》（*Peau d'Ane*）和《可笑的愿望》（*Les Souhaits Ridicules*）。

但是，因为贝洛尔的天才不能使他在诗人一方面发展，所以他文学的成功却并不在以上几种韵文的著作中。在一千六百九十七年，他将一本散文故事集在巴黎出版了。立刻，欢迎的呼声从法国的孩子口中到全世界孩子口中发出来，从十七世纪的孩子口中到如今二十世纪的孩子口中还在高喊着，法国童话杰出作家贝洛尔的大名，便因此书而不朽。

这本散文故事集，便是我现在译出来给我国的小朋友们看的这一本《鹅妈妈的故事》（*Les Contes de Ma Mere*，*L'oye*）。

《鹅妈妈的故事》在最初出版的时候，却用的另外一个书名：《从前的故事》（*Histoire de Temps passé*）。作者的署名是他儿子的名字：贝洛尔·达尔芒戈（Perrault d'Armancour）。因为这一集中所包含的八篇故事——《林中睡美人》（*La Belle au Bois Dormant*），《小红帽》（*Le Petit Cbaperon Rouge*），《蓝须》（*Barbe Bleue*），《猫主公》或《穿靴的猫》（*Maitre Chat; ou*，*Le Chat Botte*），《仙女》（*Les Fees*），《灰姑娘》或《小玻璃鞋》（*Cendrillon; ou*，*La Petit Pantoufle de Verre*），《生角的吕盖》（*Riquet à la Houpe*），《小拇指》（*Le petit Poucet*）——都是些流行于儿童口中的古传说，并不是贝洛尔的聪明的创作；他不过利用他轻情动人的笔致把它们写成文学，替它们添了不少的神韵。又为了他自己曾竭力地反对过古昔，很不愿意用他的名字出版这本复述古昔故事的小书，因此却写上了他儿子的名字。所以他便把这些故事，故意用孩童的天真的语气表出。因了这个假名的关系，又曾使不少人费过思索和探讨，猜了很多时候的谜。

至于这集故事之又名为《鹅妈妈的故事》的原故，也曾经不少人的研究。大部分人以为在一首古代的故事歌中曾说起过一匹母鹅讲故事给她的小鹅儿听，而在这本故事第一版的首页插图中画着一个在纺纱的老妇人，身旁有三个孩子，一个男的和两个女的，在这图下，有着"我的鹅妈妈的故事"的字样，所以便以为贝洛尔是将古代的故事歌中的母鹅人化了而拟出这个书名的。此外，还有许多对于这书名的不同的推解，我想，这于小朋友们没有什么需要，也不必很累赘的费许多文字来多说了。

至于这几篇故事的真价值，我也想，小朋友们当然已能自己去领略，不必我唠唠叨叨地再细述了。但是，有一桩事要先告罪的，就是：这些故事虽然是从法文原本极忠实地译出来的，但贝洛尔先生在每一故事终了的地方，总给加上几句韵文教训式的格言，这一种比较的沉闷而又不合现代的字句，我实在不愿意让那里面所包含的道德观念来束缚了小朋友们活泼的灵魂，竟自大胆地节去了。

最后，还得补说一句：沙尔·贝洛尔是死在一千七百零三年，距这本故事集之出版，只有六年；在这六年之中，我们的作者并不曾写过比这本书更著名的故事。

匈牙利的“普洛派”作家

和中国差不多是一样，匈牙利大部分的作家还是在写着那些三角恋爱一类的玩意儿。但是新进的“普洛派”的努力，却颇有可观。现在就去年的出版物来计算一下：

倍拉·莱凡思（Béla Révész）出了一本《无产阶级》，是一本描写工人阶级的短篇小说。

路易士·巴尔达（Louis Barta）写了一本*Stotétujj*（《黑指》），是描写农民的奋斗的。

山多尔·吉尔吉里（Sandor Gergely）是新进作家之群中的最精悍的一员。他出了一部长篇小说*Hibat vernek*（《他们造桥》），在这部小说里，他说出都市的无产者和乡村的无产者的友爱的必要。

路易士·加剎克（Louis Kassàk）是新进作家中的最善绘声绘色的一个。在他的长篇小说*Napok,a mi napjaink*《（日子，我们的日子》）中，已显出他最于所谓前辈的猛攻。

曷麦里克·究美（Emeric Gyomai）出了一本长篇Ujkenyér（《新面包》）。

洛第雍·马克可维思（Rodion Markovits）写了一本惊人的大战前线上的小说，那就是*Szibérisi garnizon*（《西伯利亚的戍地》）。

　　裘莱士·伊力思出了一本诗集*Néhez fold*（《沉重的地》），
是写没有土地的人的热愿和对于不公平的世纪的复仇的。

　　因为政治思想的关系，匈牙利各书店对于新进作家大都是
飨以闭门羹的。他们没法表显出他们的倾向来，只能在几种杂志
上发表文章，如奥思伐得（Ernest Osvàth）主办的Nyugat（《西
方》），房柏里（Rusztem Vámbéry）和伐鲁（Etienne Varro）
主办的Szazàdunk（《我们的世纪》），路易士·加剎克主办的
Mnuka（《（工作》），第艾奈士（Ladislas Dienes）和迦阿尔
（Gabriel Gaal）主办的Korunk（《我们的时代》）等杂志。这些
杂志虽然没有一种显明的倾向，但对于新进的"普洛派"作家很
是能接受的。

苏联文坛的风波

去岁苏联文坛上曾经起了一次大风波。这场风波的主要人物是皮力涅克（Boris Pilniak）和柴妙金（Eugène Zamiatine）。

在两三年前，皮力涅克写了一部长篇小说《红树》（*kranoie Derevo*），一部有反革命倾向的小说，对于党和政府对农民的政策发了反对的论调。起初他将稿子送到*Krasnaia Nov*（《赤荒土》）去，被退了回来。他便把稿子送到柏林去。去年春天，这部《红树》便在柏林的"比得洛保里斯书店"（Petropolis）出版了。这消息一传到莫斯科，便出事了。*Literatonrnaia Gazeta*（《文学报》）第一个起来向皮力涅克投石，接着大家也群起而攻之了。皮力涅克辩说他不过将他的原稿寄给一个住在柏林的朋友，长久没有得到消息。"比得洛保里斯书店"将那本书出版是并没有得到他的同意，他是决不会为那些"侨民"卖力的。但是这种饰辞是不能使人满意的。苏联作家协会便于去年九月七日将他除名，并加以猛烈的攻击。

至于柴妙金，那是因为他在泊拉格（Praque）的一种社会革命党的杂志*Volia Rossii*， 一本反对布尔塞维克的杂志上发表他的长篇小说《我们》的原故。

这两件事件不过是导火线，皮力涅克和柴妙金，以及其他的在柏林出版受苏联禁止的书的"同路人"作家，如爱莲堡（Ehrenbourg），赛甫琳娜（Seifoulina）等，是早已为人们所不满了，这次不过是将积郁着的气吐出来罢了。

在这次的风波中，被卷入旋涡的人很多，大部分都是"同路人"，如爱莲堡，赛甫琳娜，巴别尔（Babel），罗曼诺夫（Romanov）等等。这种对于"同路人"的攻击，在伏林（Voline）的一篇论文上说得很明白，他宣说要整顿一九二五年党的文艺政策的决议，而那些"同路人"却有了腐化或反动的倾向。而奥尔霍微（Olkhovy）也在Isvestia上大略这样说，苏联是处于一个困难的重建时代中，阶级斗争在国内成为更剧烈，资本主义的分子还在城市中乡村中蠢动着……所以，诸作家应该和一切苏维埃的好公民一道帮助着政府克服无产阶级的敌人，使社会主义得以胜利。在"文艺战线"上，正如在一切别的战线上一样，是应该完全服从的。一切违反的人们就是"资产阶级者"，而被当作资产阶级者对待。

高尔基也夹进这场混战中去，他不敢明目张胆地拥护皮力涅克，他只为他解辩。他说皮力涅克是一个好名之人，他希望他的作品译成各国的文字，在这种名誉的贪求中，他便犯了过误。他说人们对皮力涅克的处罚是太严了，"好像把他对于苏维埃文学的一切服务都归之乌有"，应该要宽一些。他说现代人才很少，那能供给出良好的作品的人们是不应该加以驱逐的。

现在，这场风波忽然平静下来了。这是党对于"同路人"的政策的改变吗？我们还没有知道，只能在下次再报告读者诸君了。

英国无产阶级文学运动

英国的文坛上，近来有了一种新的力量，这力量就是新兴的劳动者的文学，这种新抽芽的新枝在将来或许会使人们从那已经根深蒂固了的萧伯纳，威尔斯，高尔斯华斯，乔蔼士等转过头去吧。

在这新兴的劳动者的文学中，我们可以举出来的，有矿工吉姆士·威尔须（James Walsch）的《地下世界》，那是一本叙述二十五年的矿工的历史；矿工哈罗尔特·希斯洛伯（Harold Hislop）的《矿煤的权力之下》；矿工乔艾·考里（Joe Corry）的描写矿工生活的戏剧（他创设了一个劳动者剧场，由矿工自己来扮演，在英国可算是第一次。他还写诗和小说）；矿工洛吉·达太勒（Roger Dotaller）的《矿工生活记录》，这是一部简单，但是动人的书。

冶金匠李却·法克思（Richard Fax）写了一本《制造厂的回声》；冶金匠施·海特（S.Haid）写了一本《工场的同伙》；爱尔兰的泥水匠施·何凯西（S.O'kesi）写了《犁和星》，《裘娜和孔雀》等剧本。他是萧伯纳之后的英国最重要的戏曲家，表现异常有力。

劳动者肯宜（R.Kenni）和爱尔兰人马克希尔（P.MacHill）是描写劳动者和贫民的日常生活的。

这无产阶级的新兴文学运动，在英国非常困难地和环境争斗着。在英国，没有一家书店肯出肯宜的作品。希斯洛泊的小说是在苏俄刊行的。没有一家戏院肯演考里的剧本。就是劳动者协作会的剧场也以为他的剧本太左倾了。

　　但是这总是一时的吧。将来，像一个光耀的太阳，这新兴的无产阶级文学，将照遍了那消失在烟雾中的英国吧。

诗人玛耶阔夫司基的死

像在一九二五年十二月二十八日俄罗斯大诗人赛尔该·叶赛宁（Sorgoy Essonin）自杀的消息之使我们惊异一样，本年（一九三〇年）四月十四日同国的未来派大诗人符拉齐米尔·玛耶阔夫司基（Vladimir Mayakovsky）自杀的消息又传到我们底耳里来了。最初，我们在新闻纸上所见了的，大约只有这些话："俄国诗人玛耶阔夫司基于本月十四日以手枪自杀于莫斯科，自杀原因闻系因试验诗剧失败云。"这兀突的消息，起初在我们是不可解的吧。叶赛宁是"最后的田园诗人"，他知道自己的诗歌是没有什么可以赠送给新时代的，于是他便和他所憧憬着的古旧的，青色的，忧郁的俄罗斯和一切旧的事物，因着"铁的生客的出现"，同时灭亡了。这自杀我们可以拿旧传统和新生活的冲突之下的逃世来解释。但是玛耶阔夫司基呢？他并不是旧时代的人物，他是在革命的斗争中长大起来的。他以自己的诗为革命的武器，同时，他是建设着新生活的，建设着社会主义而且要把它扩大到全世界去的人们底诗人。他是梦想着未来的世界是要由他的火一样的诗句来做向导的。但是他却像不惯新生活的旧时代的叶赛宁一样，懦怯地杀害了自己的生命。它的意义是什么呢？

据本年四月十七日莫斯科《少共真理报》的玛耶阔夫司基特

刊上的记载，玛耶阔夫司基死后，曾由赛尔差夫（Sertsav）去调查他自杀的原因，赛尔差夫作了这样的一个报告："前此调查之结果，指示出这次自杀是那与诗人的社会行动及文学品行绝无关系的纯个人的原因引起的，此外诗人所不能恢复健康的长病，才成为自杀的先导。"俄国"革命文学国际委员会"的关于玛耶阔夫司基之死的宣言上也说："……个性的狂放与不久前得到的病症，给与诗人这一个悲惨的死的说明。……"

我们所得到的关于玛耶阔夫司基自杀的动因，只有上述的两个，就是所谓试验诗剧失败和不能恢复健康的长病。关于前者，我们觉得是不足为信的。第一，他决不是那种因为偶然受到了一点小打击而至于萌短见的人（他的著名的长诗《一万五千万》出版时，竟没有人说它好，他也不以为意）；其次，他的戏剧常是受着群众热烈的欢迎的。一九二〇年的《神秘的滑稽剧》如此，一九二八年的《臭虫》如此，就是他自杀的当夜在梅伊尔霍尔特（Moyerhold）剧场上演的《澡堂》也如此。关于后者，即不能恢复健康的长病这原因，也是有点牵强的吧。果然不治的病是可能成为一个人的自杀的动因的。但是各方面的记载都没有说出他是患了什么不治之症，而且，我们是知道的，玛耶阔夫司基是有一千七百格兰姆重的脑髓，尼阿加拉大瀑布一样洪大的声音，方而阔的肩，和六英尺高的健全的身体的。在自杀的前两天，即十二日，他还出席苏维埃作家联盟的关于著作权新纲领的讨论会和苏维埃人民委员会的关于前草案的讨论会议；自杀的前一天，即十三日，他还和苏维埃作家联盟的主席讨论关于列宁格拉特旅行之事；就是自杀当天的清晨（他是在上午十时十五分自杀的），他也还在自己的寓所里和几位作家作事务上的谈话。

现在，我们且读一读他的最后的遗书吧（以下的译文是根据法国Surréalisme au service de la Pévolution第一号译出），他这样写着：

致一切人：

关于我的死，请不要责备任何人。而且请不要造谣。死者是痛恨谣言的。

母亲，我的姊妹们，请你们恕我：这不是一种方法（我不劝别人这样做），但是我是没有出路。

当局同志们，我的家属是：里里·勃里克（Lili Brik），母亲，我的姊妹们和薇萝尼珈·维托尔陀芙娜·波朗丝珈牙（Veronica Vittoldovna Pollonskaia）。

假使你能使他们生活，谢谢你。

未完成的诗，请交勃里克等。他们会加以整理。

人们是如何说的："意外事是终结了。"

爱情的小舟，

撞碎在奔流的生命上，

我是和生命没有纠葛了。

用不到去检阅，

那些苦痛，

那些不幸，

和那些相互的谬误。

愿你们幸福！

符拉齐米尔·玛耶阔夫司基

从这封信上看来，玛耶阔夫司基之自杀似乎是由于与所谓试验诗剧失败及不能恢复健康的病没有关系的别的原因，是一种使他苦闷了长久，踌躇了长久的，不是体质上而是心灵上的原因，这原因强使他不得不步着那被他用"在这生活中，死是不难的——创造生活是难得多了"这话笑过的叶赛宁的后尘。

这原因，显然地，是不能和那玛耶阔夫司基赖以滋长，终于因而灭亡的有毒的"欧洲的咖啡精"（La Caféine d'Europe），未来主义，没有关系的。本来，我们一提到玛耶阔夫司基，便会立刻想到了未来主义，这一种适宜于俄罗斯的地质的，从意大利移植过来的剽悍的植物。所以，在研究玛耶阔夫司基之死之先，我们对于这未来主义应当有一种深切的了解。

第一，我们应当先明了未来主义的阶级性，明了了这个，我们便可以看出这未来主义的大使徒是否与其所从属的社会环境调和的；其次，我们便得探究，假如是不调和的，则这位诗人和他所处的社会之间当起怎样的矛盾和冲突；第三，我们便要讲到在某种心理状态之下的他为自己所开的去路，从而说到他的自杀。我们这样地把我们的研究分为三个步骤。只有这样我们才能把这位《一万五千万》的作者的自杀的动因，明晰地呈示出来。

未来主义是始于一千九百零九年由最初的未来派诗人意大利的斐里坡·多马梭·马里奈谛（Filippo Tommaso Marinetti）主唱的。这是把机械主义和力学主义引入艺术来，作为艺术的中心的课题的第一声。那时是机械的发明把古旧的，舒缓的，梦想的生活完全地更改了的，二十世纪的初头。惊诧着这些机械征服了空间，时间，而且把都市的外貌魔术地变形了的未来主义者们，便开始把轮船，机关车，汽车，飞机，电气，都会的噪音等，盲目地神秘地讴歌起来了。他们是讴歌机械的力学的，但那完全是从没有直接参与生产过程的人们的头脑里发生出来的东西，小资产阶级的，同时是个人主义的东西。日本藏原惟人在他的一篇短论《新艺术形式的探求》（载《改造》一九二九年十二月号）中把这未来主义所歌唱的机械的特质，作了这样的一个分析：

（一）未来主义的机械都是街头的机械 汽车，机关车，飞机，车站，桥梁等，都是街头的机械，是"消费的"机械。工场和其他的地方，都是被外表的地处理着的。生产的机械从来没有做过未来主义的艺术的题材。这表示艺术家是离开了生产过程。

（二）机械单被理解为快速力 机械的目的，任务，它的合理性，是在未来主义者视野之外的。他们耽美着机械的盲目性，它的无目的的蓦进性。当然，这不是从事于生产的智识阶级的心理。

（三）陷于机械的拜物主义（fetichismo） 在未来主义者，机械并不是为某种目的的手段，而本身是目的，是理想。这也不是自己从事于机械制造和运使的智识阶级者的心理。

从这些特点看来，未来主义明显地是反抗着过去的一切，而带着一种盲目性，浪漫性，英雄主义来理解新的事物的现代的小资产阶级的产物。它之所以会在产业落后的意大利萌生，并且在产业落后的俄罗斯繁荣，也是当然的事了。未来主义者歌唱着运动，但他们不了解那推动这运动的力和这运动所放在自己前面的对象；未来主义者们歌唱着机械，但他们不了解机械的目的和合理性，未来主义者们反对着学院文化的成为化石了的传统，但他们只作着一种个人主义的消极的反叛。他们在艺术上所起的革命，也只是外表的，只是站在旧世界中的对于旧的事物的毁坏和对于新的事物的茫然的憧憬，如此而已。他们并没有在那作为新的文化的基础的观念，新的生活，新的情感中去深深地探求他们的兴感。他们的兴感纯然是个人主义的。

从这里，我们明白了未来主义的发生是完全基于否定的精神的。马里奈谛之所以首唱未来主义，在最初不过是作为对于当时支配着意大利文坛的唯美主义的反动而出现罢了。只否定过去，而所谓未来者，却不过是偶然在心上浮现的一重幻影而已。一切旧的是已经死去了，一切琐碎的，平庸的都已被未来主义者所毫不顾惜地抛弃了；至于新的呢——他们在等待着新来接受，只要那新的是崇高，是暴乱，是刚打中了他们的理想的英雄事业。

未来主义者自始至终和政治密接地关联着，他们意识到政治的出路是生活的总出路，而他们是努力着生活的创造的。政治上的那一条出路呢？这却是一个问题。然而在未来主义者们看来也不成其为问题的吧。只要是崇高，是暴乱，是英雄事业。于是，法西斯蒂的狂潮可以把意大利的未来主义者们卷去，而在俄罗斯呢，不用说，布尔塞维克的号角声是早已引起玛耶阔夫司基的共鸣了。单是这一个事实，就已经尽够向我们说明未来主义的阶级性。

因此，和对于机械一样，未来主义者们的对于革命的理解，也只是革命是伟大的，它的运动是有纪念碑的（monumental）性质，和它是破坏着一切的而已。由着马里奈谛从而来歌颂战争，赞扬法西斯蒂的这条道路，玛耶阔夫司基便来歌颂这完全异质的无产阶级的革命！

玛耶阔夫司基，从出身上看来，从他所过的生活上看来，是一个小有产者。他的父亲符拉齐米尔·龚思丹丁诺维契（Vladimir Constantinovich），是一个沙皇治下的山林官。他所受的教育和他的意识也是小资产阶级的。他爱好天文学，他在"蔷薇的灯""彷徨的人""给生存着的诸君"（都是咖啡馆名）里吟着他的诗歌（见《自传》）。他没有脱离现代人所有的一切的懦弱和无情地染着的现代的一切颓废的印迹（见《少共真理报》的"革命文学国际委员会"对于玛耶阔夫司基之死的宣言）。他之所以参加革命的斗争，拥护世界革命，做了革命的诗人和忠实的战士者，就因为他憎恶过去，他需要行动，而革命却能供给他那些在他觉得是可口的食料。于是《给革命的歌》，《我们的进行曲》，以及那名诗《一万五千万》等，便和革命的巨大的爆裂弹，群众的亘数世纪的呐喊一起，像尼阿加拉大瀑布（Niagara Falls）一样地震响出来了。从一九一九年到一九二〇年国内战争最猛烈的时代，他带着一种对于未来的世界的热烈的憧憬，画着宣传画，写着煽动诗，动员的口号，反对叛节和投降的檄文。他在革命中看到了几百万的活动着的群众，他歌唱这集团的行进的力学。但是，那集团生活的根底，运动的灵魂，是玛耶阔夫司基所没有正确地把握住的，也是他所不能正确地把握住的。

这里，我们可以注意到，在对于革命的观念的出发点上，玛耶阔夫司基已经走到一条歧异的道路上去，那条由大熊星把自己活活地领着到空中去的（见《我们的进行曲》），并且要在宇宙上涂上彩色（见《劳动诗人》）的，浪漫的，空想的，英雄主义的道路。当十月革命爆发出来的时候，他曾向自己这样地发问：我应不应该接受那革命。他的结论是如此：这在我是不成问题的。那是我的革命（见《自传》）。于是他便用他自己的方式接受了革命。显然，他对于革命的观念是个人主义的。

这样，玛耶阔夫司基和这现实的无产阶级的革命，在根本上已不互相投合。因此，这是必然的，革命在破坏的时期兴感起他的诗，而当这破坏的时期一过去，走上了建设的路的时期，他便会感到幻灭的苦痛，而他的诗也失去了生气（虽然他还写着，还写得很多），而且不为群众所接近了。于是，在这位诗人和其社会环境间，一种悲剧的不调和便会发生了。

大凡一个艺术家当和自己的周围的社会环境起了一种不调和的时候，艺术家往往走着两条道路：一是消极的道路，即退避到Tour d'ivoire（象牙之塔）里去，讴歌着那与自己的社会环境离绝的梦想；一是积极的道路，即对于围绕着自己的社会环境，作着为自己的理想的血战。现在，革命的英雄的时代已终结，而走向平庸的持久的建设的路上去。现在，玛耶阔夫司基已分明地看见他所那样热烈地歌颂过的革命，只是一个现实的平凡的东西，则其失望是可想而知了。Nep（新经济政策）之现实，五年计划的施行，都不是他想象中的英雄事业。这些在他都是干燥的，像被他称为非骑士风的（unchivalrous），黏液质的（phlogmatic）美国一样地平凡。这时，玛耶阔夫司基应当处什么态度呢？他躲避到象牙之塔中去吗？他反对着自己的社会环境做着为自己的理想的血战吗？这些，在我们的有这样伟大的过去的玛耶阔夫司基，和无产阶级的国家苏维埃俄罗斯，都是不可能的。Bon gré, mal gré，他是被称为"无产阶级的大诗人""忠实的战士"。他不能辜负了这样的嘉誉，无论他的内心是怎样地失望与苦闷。于是，在玛耶阔夫司基的心里，现实的山丘（Sancho）试想来克制幻想的吉诃德（Don Quichotte）了。在最近试演《澡堂》一剧的时候，他曾这样说过：

——我认为自己是党的工作人员，我对于自己是接受了党的一切指示。倘使党告诉我说，我的某作品是不适合党的路线的，那么那些作品就可以不必付印。我是为党而工作的啊！

虽则下了这样的决心，但是他总不能克服他的个人主义的宇宙观的残余。他的英雄主义的，骑士风的意识，还时常从他的决心间漏网出来，而使无产阶级的大众难以接近他。这种隔离，他自己是深深地感到，而且想设法弥补的。在本年三月二十五日纪念他的二十年的作品的文学的晚会上，他曾经这样地自白过：

——我所愿意进行的工作，真是难于着手——就是工人讲堂和长诗接近的工作……

他看见群众渐渐地从他离开，而且还有些人对于他作不满的批评，所以他还说：

　　——……有些狗对我咬，而加我以某一些罪名，那些罪名，有些是我有的，有些是我没有的……为着不要听这些谩骂，我真想到什么地方去坐他两年。

　　但是，"到什么地方去坐他两年"在他是不可能的，他不愿意躲避，他还想作一次挣扎，他说：

　　——但是，我毕竟在第二天从这个悲观主义回头过来了，磨一磨拳头开始打吧，我决定自己是有权生存的，我是为着革命的革命作家，我不是背教者。

　　他要做一个为革命的革命作家，他不愿做一个背教者，但是他不惯和党的组织工作联接起来（他不是一个党员）。他只觉得他应该拥护那和无产阶级专政的路线符合的文学的路线，但他的在革命前染着的习惯还是很牢固，他以他自己的标准去实现他所认为伟大的决定和议决案，而没有从组织上去实现它的可能（这些都是他自己所说的话，见他的演讲《诗人与阶级》）。

　　在这里，我们是可以看到革命与未来主义这二者之间的矛盾和最尖端的表现了。革命，一种集团的行动，毫不容假借地要强迫排除了集团每一分子的内心所蕴藏着的个人主义的因素，并且几乎近于残酷地把各种英雄的理想来定罪；而未来主义，英雄主义的化身，个人主义在文学上的最后的转世，却还免不得在革命的强烈的压力之下作未意识到的蠢动。玛耶阔夫司基是一个未来主义者，是一个最缺乏可塑性（plasticity）的灵魂，是一个倔强的，唯我的，狂放的好汉，而又是——一个革命者！他想把个人主义的我熔解在集团的我之中而不可能。他将塑造革命呢，还是被革命塑造？这是仅有的两条出路，但决不是为玛耶阔夫司基而设的出路。他自己充分地意识到了这个，于是"没有出路"的他便不得不采取了他自已所"不劝别人这样做的"方法，于是全世界听到了这样的一个不幸的消息——诗人符拉齐米尔·玛耶阔夫司基死了！

他，"未来"主义者的玛耶阔夫司基，是已经成为"过去"的了。他已经跟着那徘徊于"革命的盛大的交响乐"之前而毕竟不能领略此中的"神秘"的布洛克（Blok），跟着那正想拔脚向革命直进，而终于"另一只脚又滑倒了"的叶赛宁一起成为"过去"的了。在他成为过去了之后，整万的劳动者，红军，作家，群众等都来参加他的葬仪，而革命文学国际委员会又叫全世界的无产阶级不要把他忘记。像这样，苏维埃俄罗斯可说是已经适当地报答了自己的诗人了。——然而，未来的世界恐怕是不会像我们的诗人所企图的那样吧。玛耶阔夫司基及其未来主义及其诗歌，也将要像他本人所诅咒的普希金以至柴霍甫一样成为纪念碑的遗迹了吧。

一点意见

我觉得近来文艺创作，在量上固然是没有前几年那样的多，现在质上却已较进步得多了。我们如果把那些所谓"成名"的作品，和现在一般的作品比较起来，我们便立刻可以看出前者是更薄弱、幼稚。"既成者"之所以"趋向凋谢"或竟沉默者，多是在比较之下的必然的趋势。他们恋着从前的地位，而他们却仍然是从前的他们，于是，他们的悲剧便造成了。

其次，便是关于现今的作家的。今日的作家的创作，除了少数几个人以外，大家露着两个弱点。其一是生活的缺乏，因而他们的作品往往成为一种不真切的，好像是用纸糊出来的东西。他们和不知道无产阶级者的生活同样，也不知道资产阶级的生活，然而他们偏要写着这两方面的东西，使人起一种反感。其二是技术的幼稚。我觉得，现在的有几位作家，简直须要从识字造句起从头来过。他们没有能力把一篇文字写得通顺，别的自然不用说起。

因此，我觉得中国的文艺创作如果要"踏入正常轨道"，必须要经过这两条路：生活，技术的修养。

再者，我希望批评者先生们不要向任何人都要求在某一方面是正确的意识，这是不可能的事，也是徒然的事。

望舒诗论

一、诗不能借重音乐，它应该去了音乐的成分。

二、诗不能借重绘画的长处。

三、单是美的字眼的组合不是诗的特点。

四、象征派的人们说："大自然是被淫过一千次的娼妇。"但是新的娼妇安知不会被淫过一万次。被淫的次数是没有关系的，我们要有新的淫具，新的淫法。

五、诗的韵律不在字的抑扬顿挫上，而在诗的情绪的抑扬顿挫上，即在诗情的程度上。

六、新诗最重要的是诗情上的nuance而不是字句上的nuance。

七、韵和整齐的字句会妨碍诗情，或使诗情成为畸形的。倘把诗的情绪去适应呆滞的，表面的旧规律，就和把自己的足去穿别人的鞋子一样。愚劣的人们削足适履，比较聪明一点的人选择较合脚的鞋子，但是智者却为自己制最合自己的脚的鞋子。

八、诗不是某一个官感的享乐，而是全官感或超官感的东西。

九、新的诗应该有新的情绪和表现这情绪的形式。所谓形式，决非表面上的字的排列，也决非新的字眼的堆积。

十、不必一定拿新的事物来做题材（我不反对拿新的事物来做题材），旧的事物中也能找到新的诗情。

十一、旧的古典的应用是无可反对的，在它给予我们一个新情绪的时候。

十二、不应该有只是炫奇的装饰癖，那是不永存的。

十三、诗应该有自己的originalité，但你须使它有cosmopolité性，两者不能缺一。

十四、诗是由真实经过想象而出来的，不单是真实，亦不单是想象。

十五、诗当将自己的情绪表现出来，而使人感到一种东西，诗本身就像是一个生物，不是无生物。

十六、情绪不是用摄影机摄出来的，它应当用巧妙的笔触描出来。这种笔触又须是活的，千变万化的。

十七、只在用某一种文字写来，某一国人读了感到好的诗，实际上不是诗，那最多是文字的魔术。真的诗的好处不就是文字的长处。

《现代》编者缀言：

戴望舒先生本来答应替这一期《现代》写一篇关于诗的理论文章，但终于因为他正急于赴法，无暇执笔。在他动身的前夜，我从他的随记手册中抄取了以上这些断片，以介绍给读者。想注意他的诗的读者，一定对于他这初次发表的诗论会得感受些好味道的。

西班牙近代小说概观

一　前言

西班牙文学是在一个很早的时候就达到了成熟期的。在十六七世纪，那时候许多现存的文学都还在渐次的形成，而塞万提斯（Cervantes），罗贝斯·德·委伽（Lopez de Vega），和他们同时的人们的作品，却已经显然的达到了艺术上的完成。

可是，西班牙的近代文学，十九世纪的后半以至二十世纪初期的文学，却未必能在世界文学主潮中处一位推动者的地位。她并不能给别国的文学以影响；反之，她是被影响于别国文学的。虽然许多作品都能够保持着旧有的艺术上的优秀，但因流派的复杂，各人所努力的方面的偏仄，在文学史上便只完了局部的成就，没有造成一个像塞万提斯的时代似的新的黄金时代。西班牙文学是在各个方面（流派）平均的，也可以说是散漫的发展着；没有一个时期，她是被一个中心的艺术思潮所控制，像别国的文学史的罗曼主义或写实主义的全盛时代那样。

许多文学史家都把一八六八年前后作为西班牙近代文学的开始的时期。在这时期以前，中古的罗曼风始终把西班牙文学的发展限制住，不让她踏进"近代"的门槛。一八六八年前后，这是一个在政治上空前混乱的时代。伊萨培尔女皇的推倒，第二次查理党的战争，阿马德乌（Amadeo）政变，民国几个月的总统，这五六年间所遭到的政治上的大变动，无疑的同时也变动了智识阶级的心。西班牙思潮是在这个时候开始脱离了封建的中古世式的传统，很顺利的接受着一切外来的思潮的输入，文学上的新见解，也跟政治的，社会的新的见解，由一些自由的思想家的提倡，而影响着全国的文学作品。可是这并不是一定说中古世式的罗曼风就此在文坛上绝迹；她依然存在，虽然有些批评家要认为是最后的存在，例如在阿拉尔公（Alarcon）的小说里，或是爱契伽拉伊（Echegaray）的戏曲里。她只是从统治的势力缩小为跟许多新的势力平行的存在着的一种倾向罢了。

在十九世纪末叶，自然主义的倾向当然也是颇占一种势力。自然主义导源于法国，它的流入西班牙，是经过一度不能不算是不重要的变种。热情的，主观的西班牙民族性，在本质上是不能把法国式的自然主义整个的接受了去的。西班牙人并不是不愿意接触而且研究现实，但他们缺乏那种纯粹是旁观式的冷静。西班牙的自然主义不能像别国的自然主义那样以社会多阶层的事象为广大的描写，他们是只限于每个作家所能以理性和感情同时接触到的局部。因这关系，同时还为了西班牙方言的不统一，自然主义的风气到西班牙便一变而为地方主义（Regionalism）的风气，这风气在十九世纪末叶差不多成为全国文坛上比较最占势力的流派。

二十世纪初期却来了一个抒情诗歌的全盛时代；自然，这又是依据于诗歌上的现代倾向的输入，小说方面的发展却反陷入一种停滞的状态。这种停滞状态一直到大战前后才开始恢复；于是，这次的恢复便在变化繁多的西班牙小说的流派上又加了许多新的倾向，一直到今日，还在继续发展之中。

因此，叙述西班牙近代小说不是一件可以依照了年代的进展而进行的工作，它是必须被当作一个平面似的来处置的。下面，我想努力把这些繁杂的流派，各以它们的代表作家，来作一个简明的述要。

二　地方主义的小说——贝雷达

在荷赛·马利里·德·贝雷达（Jose Moria de Pereda）的青年时代，那个曾经产生了吉诃德先生的国土的小说却正回复到了极幼稚的时期去。正当十九世纪中叶，过去的已成为过去，未来的却还是未来。西班牙的书业市场上所发售的小说，虽然不是没有，却类多外国小说的翻译，尤其是法国作家，如雨果，乔治桑，仲马等人的作品，创作是极端稀少的。中古世的罗曼主义，是只在诗歌里维持它的生命，（那时候阿拉尔公的第一部小说还没有出世。）比较兴盛一点的国内文学，是戏剧。贝雷达开始以世界文学的批评家出现于文坛；以他的努力，在西班牙奠定了新的写实主义的基础。虽然他自己的作品，是比因他的推动而产生的加尔多思的作品出现得较迟，但是一直到一八六四年，他的 *Escenas Montanesas*（《山居小景》）出世，西班牙才算主有了一个新的匠师。

山间是他的故乡；在毕生的作品里，能获得最大的成功的，也无过于描写他的故乡的风土的作品。自然，这种作品上的普遍性的缺乏，是多少限制着对于它们的理解的。不用说在西班牙之外的读者，即是在西班牙各大城市的居民，也难对那些作品里的生疏的人物发生亲切的感觉，但是，在那些有生长在山间的特权的人们看来，却无疑的会把它们列入十九世纪的最优秀的文学作品中去。在他以后的三十年不断的著作生活中，所能产生的值得重视的著作，差不多无有不是以他的故乡为背景；即令在并非以他的故乡为背景的作品里，最出色的几节，也无有不是写那些从他的故乡出来的人物的几段。

贝雷达是一个严格的写实家，在作品里绝不参加自己的思想和虚构。因此，他的作品往往没有严密的结构，因为实际生活本来是没有严密的结构的；可是这，也多少损害着它们的动人的力量吧。

三　加尔多思及其他写实作家

贝雷达多少是一个无视于他自己的时代的作家，培尼多·贝雷斯·加尔多思（Beni to Perez Galdos）却是一开始写作就抓住了时代的精神的。在一八六八年革命前后写成的几部初期作品中，就已经尝试着把它们写成西班牙社会生活的记录的样子。他的毕生的雄图，是在写成他那部庞大无比 *Episodio Nacional*（《国民生活插话》）。以几近四十年的努力，他是完成了共计五大集，四十六卷的书（一八七三～一九一二）。这样的成绩，在近代文学史上，也许除了左拉的"胡龚·马加尔丛书"之外，很难找出类似的例子了吧。

在这样丰富的产量里面，我们自然不能希望每一部都是极完备的著作；其中最受到一般赞美的，是 *Donâ Perfecta*，*Fortunata y*，*Jacinta*，*Angel Guerra*那几部。

加尔多思的作风，在早期是整个的被笼罩在自然主义的影响之下，时常陷于一种令人厌倦的详叙，在晚年却相反的时常运用了象征的和寓言的手法，使作品变得朦胧。可是这一切都并不妨碍他做一个西班牙近世最伟大的作家之一。他描写了西班牙都城里的各阶层的生活，暴露着他们的弱点，但不是辛辣的，却是用一种温厚的态度来处理。同时，他也并不抹杀了藏匿在那些生活之下的优美的方面，虽然这些优美的方面时常是比较少的。他永不关心于自己的文章，然而他的文章却是丰富，有力。他的人物是活的！《国民生活插话》差不多包含一千多个人物，这些人物中有好多都成为社会生活中的典型的描写。

除加尔多思之外，重要的写实家我们还可以举出巴赞夫人，伐尔代思，阿拉思，哥罗马，比公，马德欧，伊巴涅思诸人。

爱米里亚·巴尔多·巴赞伯爵夫人（Condesa Emilia Pardo Bazan）是一个方面极多的作家：举凡文学批评，散文，游记，讲义，剧本，传记，诗歌，民间故事，长短篇小说，她无所不写。要在这许多方面都有惊人的成就，实际上断乎不是一个人的生涯所能办到的。许多批评家都以为，她的这种雄心，是妨碍了她在加里西亚乡土小说方面的发展，因为无疑的，这是她生平所最擅长的一个方面。虽然这样，她对于故乡加里西亚，却多少也完成了系贝雷达对山间生活所完成的那种任务，即使在程度上不免有些差别。

巴赞的确表现得是不能估计自己的成就的作家，她永远怀疑，永远不满意于自己过去的作品；一有所成，便立刻梦想着新的征服。甚至在加尔多思的死使她毫无问题的处了西班牙最重要的小说家的地位的时候，她还这样问："难道我真算成就了一些东西吗？"

严格的说，巴赞是自然主义的作家，可是她对自然主义反叛着。她在自己的一部作品里说起，自然主义的那种纯然科学的，而不掺入个人感情的观察法是不对的。她不喜欢左拉和斯丹达尔，但对于《人间喜剧》的作者却绝端的推崇。

因此，她自己的作品是，虽然缺乏像贝雷达那种精密的观察（这在巴赞，往往不是自然的）和详尽的叙述，但却有一种热烈的动人的力量，她善于用第一人称的写法，因为用这种写法，她可以多量的放一些感情进去。她的代表作*Los Pazos de UIloa*就是一个很好的例子。

阿尔曼陀·帕拉西欧·伐尔代思（Armando Palacio Valdes）是在他的成名作*Marta y Maria*（《玛尔达和玛丽亚》）出世之前，就已经有了十二年的文学生涯的历史。他也是自然主义的作家；跟巴赞同样，他跟法国自然主义者的分别是在于他只写那种自己所经验过或感受的生活，因此，他的作品是更人性的，更自然的，更能够表现一个真实的人生图画的。他的富于诗意的作风，特别是女性心理描绘，都使他有别于一般自然主义作家的作品。

列奥波尔多·阿拉思（Leopoldo Alas）是一个法学教授，是一个重要的文学批评家，在小说一方面，他自己虽然是一个左拉的崇拜者，但他的作品却毋宁说是出于弗罗培尔的影响。他的杰作，*A Regenta*，是一部篇幅多至一千页以上的大著作；虽然因故事的松散使这作品缺乏一种戏剧的效果而蒙着相当损失，但是它辛辣的讽刺，大胆而有力的描写，却还是可以抓住读者的注意以维持全书的顶点的：有许多批评家，以为阿拉思的太丰富的理论的头脑，是损害他的小说家的才能的，他是在自己的世界观，自己的哲学未完全稳定之前，就把太多的哲学，太多的世界观放到了作品里去，而成为说理化，教训化的东西。这缺点，批评家的阿拉思自己也是感悟到的；但晚年的作品里，他是放弃了那种科学家式的说理而写实的手法，渐渐的成为思想主义的作家。

鲁意斯·哥罗马神父（Luis Coloma）是仅仅以一两部著作而获得西班牙重要小说家的地位的，他第一部作品*Pequeneces*出现的时候，年龄已经四十。批评家的阿拉思，是曾经称之为"颇有希望"的作家，而在他完成第二部小说的时候，那位"颇有希望"的作家已经到了六十的高龄了。虽然这样，这两部作品却是永远不会老去的，每一个时代都发现他的新读者。哥罗马不是一个艺术家，他是时常为着教训，为着描写的详尽，而牺牲着艺术的成分；他的教训，和他的当神父的职业极不调和，时常是辛辣而异端的。

哈辛多·奥克达维欧·比公（Jacinto Octavio Picon）是一个用最学院式的文字来写自然主义的作品的作家，他在文学方面，一直以新的古典主义的大师伐莱拉为宗。因此，他的作品是没有那种自然主义作家所惯有的粗拙和累赘的语法的毛病，他的作品常是清楚，合理，匀称。因这原故，他是和大部分西班牙写实家相反，不以偏僻的地带为描写背景，他是写了西班牙的都城马德里。同时也许正因为这原故，他的作品在国外是不能博得任何注意的，因为西班牙小说之在世界文学中的地位，是正由于不易被人理解的特殊性，而不是由于任何人都能理解的普遍性；同时，文学方面无论优点和劣点，却都是可以因翻译而掩抹了去的。

在西班牙的优秀小说家之中，最被一般所忽略了的是荷赛·马利亚·马德欧（Jose Maria Matheu）。他的作品是平静而隽永，跟需要刺激和奇迹的现代趣味是绝不相容。但有许多作家，如路木·达里欧（Rubeu Dorio）和阿左林（Azorin）却是把他的评价，放在一切西班牙小说家之上的。他描写都市，同时也描写故乡阿拉恭；无疑的，在以后者为背景的作品上，他是获得了最大的成功。他从不取任何严重的题材，而描写刻画着那些恬淡而平凡的生活；这样的特征使他不能成为一时代的崇拜的中心，而只在无声无臭之中悄悄的培植着他的虽小而绝端精雅的园地。

跟马德欧相反，维森德·勃拉思戈·伊巴涅思（Vicente Blasco Ibanez）却是西班牙作家最早博得世界声誉的一个。在早年，正当左拉的影响在西班牙风靡一时的时代，他是无疑的也跟着一时的风尚写作。一个极端勤勉的作家，辛苦，刻意求工，充满了健康的生命力。他的全部作品是可以分成两种：一种是仍然寄寓着作者个人的写实作品，一种是完全用冷淡的旁观态度写成的自然主义的作品，无疑的，那后面一种在作者是更多的辛苦，而对读者是沉闷。伊巴涅思有一种可以令人钦佩的观察和探访的耐心，他所描写的范围是非常的广大，人物是非常的多样；但是一个读者，他是宁愿向别一些书里去发现智识的来源，而不会向一个小说家去要求社会状况的报告统计材料的，作为艺术家伊巴涅思的地位，是建立在他的记述自身经验的作品上。

四　新古典主义的匠师——伐莱拉

严格的讲，黄伐莱拉（Juan Valera）是一个应该拒绝任何类别的作家。他也常以他的故乡安达路西亚为描写对象，但地方色彩的浅薄使他不能列入地方主义作家之群。某种程度的写实作家，但他的人物却多出于作者的幻想。可是，一般的说，他的作风是直接的导源于塞万提斯的时代，因此，便有许多批评家都乐于拿新的古典主义这称号加到这些实际上是无可归类的作品上去。

在一部著作的序文里，伐莱拉曾经说了这样的话："一部美丽的小说该是诗歌，而不是历史，这就是说，它不能把事物描写得像原来的形状一样，它应该把事物描写得比原来更美丽一点。"因此，他的人物，大都是超现实的；在阅读作品的时候，他们给予人一种无比的愉快，但在过后，却很少能在记忆里存留。伐莱拉的作品中叫人怀念的成分，决不是在人物方面，而是在整部作品的调和，修练，精致等等艺术的完美方面。

假如把伐莱拉只当做一个散文家，那么他的 *Las Ilusiones del Doctor Faustino*（《福斯谛诺博士的幻觉》）便无疑是最优秀的作品。

跟伐莱拉同样是安达路西亚人，同样是文学上的形式和修辞的爱好者，虽然年代是较迟，但无疑可以归入同一类别的作家，是里加多·莱洪（Ricardo Leon）。思想上是一个守旧派，虔诚于宗教，自然在艺术上是偏受着那种传统的规律。他认为艺术并不就是生活，而是个人对生活的一种解释；艺术是选择，而正当的选择又必须基于从古典教育得来的好的玩味。显然的，他是比他的前驱者伐莱拉更坦白的主张传统的文学。当世的批评家对于这样一位作家的成功，是给予了许多的非难，以为他仅仅是一个西班牙古典文学的没有生命的模仿者。

五　罗曼主义的再生草——阿拉尔公

贝特罗·安多尼欧·德·阿拉尔公（Pedro Antonio de Alarcon）是一般的被认为西班牙文学史上在地方主义文学风靡一时的时代后的罗曼作家，这位美丽而绝非现实的故事的作者，自己也曾经一时悔恨着那些早年作品，以致把最有精力的年龄（从三十到四十）在沉默中虚度，可是他在四十以后几部著作，却依然显得同样的非现实而且美丽。他的成功是自己也料不到的，这才使他有胆量向自己所长的方面进行去。

阿拉尔公有极活泼的描写手段，他的作品是能够从头就把你的注意抓住，永不放手。他绝不在作品的严肃的方面，思想，布局等等，下许多功夫；他只是说了那个幻想的故事，谈得有趣，如此而已。无论怎样严格的文学理论，对阿拉尔公总是无所施技的。

六　叛逆的小说家巴罗哈

一个异端的作家，虚无主义的作家，比奥·巴罗哈（Pio Boroja），是在本质上一个极端好动的人，但环境却使他过着极度安静的生活。他的动，是表现在他的作品里。他的英雄查拉加音，西班牙的巴札各夫，是极端好动的，他的困难是他的精力和勇气的源流。但一朝克服了这些困难的时候，他是感觉到没有事情可以做了。"我要替自己创造一些新的困难出来。"他这样声言。无疑的，这是比奥·巴罗哈自己在这样说着，他的破坏的狂热是永不休止的；可是这些破坏的狂热是他的真实：他是诚恳的人。

时常选择着那些被上流社会所践踏的人们——乞丐，小丑，流浪汉，盗贼，娼妓，私贩，以至于企图谋害国王的安那其主义者——做他的描写对象，巴罗哈却并没有为这些人给予了他的同情。他的选择他们，仅仅是当做对现存社会的一个威胁，一个捣乱，一个用来破坏旁的东西的工具而已。

在艺术上也是绝对的叛徒，巴罗哈并不顾到修辞，他的文字是大胆，粗糙，随心所欲；他甚至不顾到故事的连续，在一部以古罗马为对象的作品，他是毫不为意的把罗马放到了一个近代的背景里去，因为仔细的观察古代的生活习惯的耐性，他是没有的，而且在他认为是绝对不需要的。有些批评家以为，这种写作上的倔强态度，也仅仅是表明他的破坏狂的一端而已；他并不是来不及顾到，而是故意；在一些较平静的作品，他的艺术上的精练还是达到了惊人的程度。

当批评家们非难着他的打电报式的文字，而宣称他是一个"非文学的文学作品"的代表的时候，巴罗哈宣称他并不是什么文学者。他没有任何文学倾向的痕迹。有时候极度的忠实现实，有时候极度幻想，以致流于神秘，使人无从理解；不但在他的全体作品里，甚至在一部单独的作品之中，这许多矛盾的要素也会因他的神奇的笔而得到一个神奇的调和。他是一个个性的作家，是一个拒绝任何类别或艺术的分析的作家。

七　近代倾向的创始者——伐列英克朗

被一般所认为文学上的近代倾向的创始者的拉蒙·马利亚·德尔·伐列英克朗（Ramon Maria Del Valle-Inclan），在本质上是一个诗人。他的作品是不多的，但每一篇都是惨淡经营的作品，人们并不能发现那些作品里的雕琢的痕迹，作者是把这些痕迹也用更多的苦心巧妙的掩饰了过去。从来不采用重大的题材，他在个性上是没有这种对大物件的感受力；他所注意的只是那些极度细微的，充满了诗恋的东西！想在这些作品里面找寻大的Sensation的人们是无疑会失望的。

在散文著作中，伐列英克朗永没有发现过一种好的设计（plot），但他时常能够创造出一种浓郁的空气来，把平凡化为动人，把那些本来是零星的饰花巧妙的组成了浑成的花园。

八　阿耶拉的心理小说

以诗人开始他的文学生活，拉蒙·贝雷斯·德·阿耶拉（Ramon Perez de Ayala）跟伐列英克朗正相反，在他的成功的小说上是完全的脱离了诗歌的气氛，虽然在小说方面的成功是比较的迟，但仅仅只五十多岁的年龄是不能让人轻易把他的文字生活结算起来的。这是一个在艺术上永不自己满足的作家：每一次都渴望着更高的成功。

写实主义在近世文学上的发展，是有着两条不同的道路，一是发挥到更广泛的领域，即描写社会的全景，而成为自然主义，另一条路是透入到人性的更深奥的地方去，这就成为心理小说。阿耶拉的写实主义是走着后一条道路的。阿耶拉有处置他的人物的特殊才能，每一个都是活的，而在他的代表作*Belarmino y Apolonio*（《培拉尔米诺和阿波罗尼欧》）里面，不但那几个主要的人物，即便是极不重要的配角，都无有不刻画入微。这部作品是曾经被推尊为《吉诃德先生》以来的最伟大的小说的。

九 后语

我们在这里没有可能把另一些也许是同样重要的作家，如同Unamuno，Azorin，Miro，Serna等人完全的叙述进去；至于次要的作家，则更是来不及提到。不过各流派的代表，却大致的在前面齐备了，详细的叙述，是只能有待于旁的机会了。

梅里美小传

泊洛思彼尔·梅里美（Prosper Mérimée）于一千八百零三年九月二十八日生于巴黎。他的父亲约翰·法杭刷·莱奥诺尔·梅里美（Jean-Franeois-Léonor-Mérimée）是一个才气平庸的画家和艺术史家；他的母亲安娜·毛荷（Anna Moreau）也是一位画家。

在这艺术家，同时又是中流阶级者的环境中，是没有感伤成分的，只有明了、良知和某种干燥的冷淡。在那再现着古典的，正确的，遒劲的，规则的图画的画室中，眼睛是惯于正确地观察事物，手是惯于切实地落笔挥毫，所以，在这环境当中长大起来的梅里美，便惯于正确地思想了。

幼年的梅里美，是没有什么出人头地的地方，他是一个少年老成的孩子。从一千八百十一年起，他进了亨利四世学校，在学校里引起他同学的注意的，只是他衣服穿得很精致（这是他母亲的倾向），英文说得很流利而已。因为他的父亲——他和许多英国的艺术家如霍尔克洛甫特（Holcroft），诺尔柯特（Northcote），威廉·海士里特（William Hazlitt）等人都是老朋友——在他很小的时候就教他读英文。他真正的教育，我们可以说是从他的父母那儿得来的。

因此，他很早便显出修饰癖和英国癖：这便是梅里美的持久的特点。

在十八岁时（一八二○年），他离开了中学。他对于绘画颇有点天才，可是他的在艺术上没有什么大成就的父亲，却劝他不要习画，于是他便去学法律。他毫无兴味地没精打采地读了五年法律，他的时间大都是消磨在个人的读书和工作上，他同时学习着希腊文、西班牙文和英文。他很熟悉塞万提斯（Cervantes）、洛贝·代·凡加（Lope de Vega）、加尔代龙（Calderon）和莎士比亚。他背得出拜伦（Byron）的《东荒》（Don Juan）。同时，他还研究着神学，兵法，建筑学，考铭学，古泉学，魔术和烹调术。他什么都研究到。

但是他的知识欲也并不是没有限制的。在梅里美，只有具体是存在的。纯哲学和纯理学他是不去过问的。他厌恶一切空泛的东西。他只注重客观的世界。他可以说是一个古物学家和年代史家：他以后的著作，全包括在这两辞之中。

他也憎厌一切情感的，纯粹抒情的，忧伤的诗情的东西。当然，他是读着何仙（Ossian）和拜伦。但是，他在"芬加尔之子"的歌中所赏识的，是加爱尔（Gaels）的文化的色彩，而《东荒》在他看来，也只是一种智慧的讽刺和活动的故事而已。自一八二○年至一八二五年，他和巴黎的文人交游，他往来于许多"客厅"之间。他认识了缪赛（Alfred de Musset），斯当达尔（Stendhal即Henri Beyle的笔名），圣·佩韦（Sainte Beuve），古崝（Viotor Cousin），昂拜尔（J.J.Ampère），吉合尔（Gérard），特拉阔（Delacraix）等文士和艺术家。他特别和斯当达尔要好，因为，据朗松（Lanson）说："他们两人气味相投，憎恶相共。他们两人都爱推翻中流阶级的道德；他们两人都是冷淡无情的，都是观察者；他们嘲笑着浪漫的热兴；他们两人都有心理学的气质。"那时斯当达尔比梅里美大二十岁，已经以《合西纳和莎士比亚》和《恋爱论》得名了。他使他这位青年的朋友受了很大的影响。

一千八百二十四年是浪漫派战争爆发的一年。梅里美倾向那一方面去呢？倾向古典派呢，还是浪漫派？他是青年人，所以，他便应当归浪漫派。然而他却忍耐而缄默着。一切的激昂都使他生厌。他赞成原则而反对狂论。他加入了浪漫派的战线，他先做了一篇散文的诗剧《战斗》（*Bataille*）完全是受的拜伦的影响，接着又在一天星期日在Debats报的文学批评者德莱克吕士（Delecluze）家里宣读他的莎士比亚式的诗剧《克朗威尔》（*Cromwell*）。这诗剧现在一行也没有遗传下来，我们所知道的，只是那是越了一切古典的程式规范的而已。最后又在Globe报上发表了四篇关于西班牙戏曲艺术的论文（一八二四年九月间）。

不久，他做了五篇浪漫的戏曲，假充是从一个西班牙戏曲家Clara Gazul那儿译过来的。其中有一篇《在丹麦的西班牙人》（*Les Espagnols en Danemark*），是很不错的，其余的却只是胡闹。他还假造了Clara Gazul的传记，注译等等。这种假造是被人很容易地揭穿了。除了一切青年文士的推崇外，这部书并没有什么大成就。只有一位批评家——梅里美的朋友昂拜尔捧他，说："我们有一个法兰西的莎士比亚了！"

在一千八百二十七年，他又造了一件假货。一本书出来了，是在斯特拉斯堡（Strasbourg）印的，里面包含二十八首歌，题名为《单弦琴或伊力里亚诗选》（*La Guzla au choix de Poesies Illyriques*），说是一个侨寓在法国的意大利人翻译的。当然，里面还包含许多的关于语言学的研究，一篇关于巴尔干的民俗的论文，和一篇关于原著者的研究。

实际上，这本"单弦琴"从头至尾是梅里美做的。他在这本书的第二版（一八四二）的序文上自己也源源本本地讲出来了。

那时，这位法国的莎士比亚和他的批评家昂拜尔想到意大利和阿特阿特克海岸去旅行。什么都不成问题，成问题的只是钱。于是他们想一个妙法，便是先写一本旅行记，弄到了钱作旅费，然后去看看他们有没有描写错。为了这件事，梅里美不得不去翻书抄书。可是出版之后，却没有卖了几本，这可叫梅里美大失所望。可是歌德却上了他一个当，把这部书大大地称赏了一番。

在一千八百二十八年，他发表了一本 *La Jaquerie*。这是一种用历史上的题材做的戏曲，但是似乎太散漫了。此书出版后，梅里美便到英国去了。在英国（一八二八年四月至十一月），他认识了将来英国自由党的总秘书爱里思（Ellice）和青年律师沙东·夏泊（Sutton Sbarpe）。后者是一个伦敦的荡子，后来做了梅里美在巴黎的酒肉朋友。

在他的远游中，出了一本 *Famille de Carvajal*（一八二八），依然是一本无足重轻的东西。

回国后，他发表了两篇西班牙风味的短剧 *Carrosse du Saint-Saerement*（一八二九年六月）和 *Occasion*（一八二九年十二月）。这两篇编入当时再版的*Clara Gazul*戏曲集中，在全书中可以算是最好的了。

同年，*Chronique du temps de Charles* IX出版了（后来梅里美把temps改为régne）。这是梅里美显出自己的长处来的第一本书，里面包含着一列连续的，但是也可以说独立的短篇故事。正如以前的戏曲*La Jaquerie*一样，原是借旧材料写的，但是艺术手腕却异常地高。这部书在当时很轰动一时，我们可以说是像英国的施各德（Walter Scott），但比施各德还紧凑精致。

在一八二九年，他还在《两世界》杂志上发表了他的独立的短篇小说：马代奥·法尔高纳（Mateo Falcone）《炮台之袭取》（*L'Enlevement de la redoute*），《查理十一世的幻觉》（*La Vision de Charles* XI），《达曼果》（*Tamango*）和《托莱陀的珍珠》（*La Perle de Tolede*），都是简洁精致，可算是短篇中的杰作。

在经过最初的摸索之后，梅里美便渐渐地使他的艺术手腕达于圆熟之境了。他从沙维艾·德·美斯特尔（Xavier de Maistre），第德罗（Diderot），塞万提斯（Cervantes）学到了把一件作品范在一个紧凑的框子里，又在这框子里使人物活动的艺术，他从浪漫派诸人那里采取了把作品涂上色彩，又把人物生龙活虎地显出来的方法，他从那由斯当达尔领头的文社那儿理会到正确、简洁的手法。他集合众人的长处而造成了他自己个人的美学。

在一千八百三十年，他旅行到西班牙去。在旅行中，他在《巴黎》杂志上发表了五封通信，那是他在马德里和伐朗西亚写的。在这次旅行他所做的许多韵事中，他可能地认识了那位他后来借来做《珈尔曼》的主角的吉卜赛女子。但他也认识了好些显贵的人们，他和德·戴巴（后名德·蒙谛约）伯爵夫妇做了朋友，他抱过那后来成为法国的皇后的他们的四岁的小女儿。

正在他的旅行期中，法国起了一次革命。当他回国的时候，他便毫不费力地加入胜利者一方面了。他与勃劳季尔家（Brogile）和阿尔古伯爵（Comte d'Argout）有亲友关系，因而进了国务院。他在那里过了三年的放诞生活，什么事也不干，尽管是玩。据他自己说："在那个时候，我是一个极大的无赖子。"直到和乔治·桑发生了一度短促而"可恨"的关系后，他才放弃了那种无聊生活，而回到文学中，写了一篇*Double Meprise*（一八三三，九月）。

在一千八百三十五年，梅里美被任为历史古迹总监察。从那时起，他便埋头用功读书，对于理论和纯粹批评的著作得了一种兴味。他异常忙碌，要工作，要做报告，因而文学便只能算是消遣品了。他的职务使他每年不得不离开巴黎几个月。他四处都走到，从而收集了许多材料。这些札记或印象，梅里美并未全用在他所发表的作品上，大部分都可以在他和友人的通讯上找到。

从一千八百三十五年到一千八百四十年这五年中，梅里美是一心专注在他的新事业上，他的唯一的文学作品（但也还是染着他的古学的研究的色彩的），便是他自己认为杰作的*Vénus d'Ille*。在一千八百三十九年和一千八百四十年，他游历意大利、西班牙（这是第二次了）和高尔斯。

这次游历的印象的第一个结果，便是《高龙芭》。这是他在周游过高尔斯回来之后起草的。在这本书里，我们可以看到梅里美的艺术手腕已到了它的最高点。他的一切的长处都凝聚在这本书里：文体的简洁和娴雅，布局的周密和紧凑，描写的遒劲和正确，人物的个性和活跃，对话的机智和自然，在不断的冲突中的心理的分析的细腻，地方色彩的浓厚和鲜明。所以，虽则梅里美自己说 *Vénus d'Ille* 是他的杰作，但大部分的批评家却都推举这一部《高龙芭》。（《高龙芭》里的女主角高龙芭，并非完全是由梅里美创造出来的，那是实有其人的，梅里美不过将她想象化了一点而已。）

意大利的旅行和罗马艺术的研究，引起了他对于古代的兴味。在一千八百四十一年，他发表了两篇罗马史的研究：《社会战争》（ *La Guerre Sociale* ）和《加谛里拿的谋反》（ *La Conjurationde Catilina* ）。在一八四二年，他一直旅行到希腊、土耳其、小亚细亚。回到巴黎后，他发表了他的《雅典古迹的研究》（一八四二），几月之后，又发表了他的《中世纪的建筑》。

一千八百四十三年十二月十八日，法国国家学院选他为会员（这是由于他的《高龙芭》）。这时梅里美不知怎地又写了一篇小说：*Arsène Guillot*。但是这本书却颇受人非难。第二年，《珈尔曼》出来了，这是一本很受一般人爱读的书，但是，正确地说起来，是比不上《高龙芭》和 *Arsène Guillot* 的。

在四十三岁的时候，发表了他的《何般教士》（ *l'Abbe Aubain* ）（一八四六）后，他忽然抛开了他的理想的著作了。他以后整整有二十年一篇小说也没有写。

从一八四六年至一八五二年这七年间，他写了《侗·贝特尔第一的历史》（*Histoire de Don Pedre Ier*），他研究俄国文学，他介绍普希金（Poushkin），哥果尔（Gogol），并翻译他们的作品，他研究，他作批评文，他旅行。在一千八百五十二年的时候，他丧了他的慈母——这在他是一个大打击，那时候，他已快五十岁了，他身体也渐趋衰弱了。可是在一千八百五十三年，拿破仑三世和梅里美旧友德·蒙谛约伯爵夫人的女儿结了婚。那个他从前曾经提携过的四岁的小女孩，现在便做了法国的皇后了。大婚后五月，梅里美便进了元老院。于是我们的这位小说家，便成为宫中的一个重要角色了。他过度着锦衣足食的生涯，然而他却并不忘了他的著述，那时如果他不在他的巴黎李勒路（Rue de Lille）的住宅里，不在宫里，他便是在继续的旅行中：有时在瑞士，有时在西班牙，有时又在伦敦。

在一千八百五十六年，他到过苏格兰；几月之后，他淹留在罗若纳（Lausanne）；一千八百五十八年，他继续地在艾克斯（Aix），在伦敦，在枫丹白露（Fontainebleau），在意大利。在一千八百六十二年，他出席伦敦的博览会审查会；他受拿破仑三世之托办些外交上的事件。

在这种活跃之下，梅里美渐渐地为一种疲倦侵袭了。他感到生涯已快到尽头；自从他不能"为什么人写点东西"以来，他已变成"十分真正的不幸了"。接着疾病又来侵袭他。为了养病，他不得不时常到南方的加纳（Cannes）去，由他母亲的两个旧友爱佛思夫人（Mrs.Evers）和赖登姑娘（Miss Lagden）照料着他。

守了二十年的沉默，在一千八百六十六年，梅里美又提起笔来写他的小说了。可是重新提起他的小说家的笔来的时候，我们的《高龙芭》《珈尔曼》的作者，却发现他的笔已经锈了。

《青房》（*La Chambre bleue*，一八六六）和《洛季斯》（*Lokis*，一八六六）都是远不及他以前的作品。不但没有进展，他的艺术是退化了。

另一方面，他的病也日见沉重。在一千八百七十年九月八日他被人扶持到加纳，十五天之后，九月二十三日，他便突然与世长辞，在临死前他皈依了新教，这是使他的朋友大为惊异的。他的遗骸葬在加纳的公墓里。

《紫恋》译后记

高莱特女史，她的全名是西陀尼·迦字丽爱儿·格劳第·高莱特（Sidonie-Galrielle Claudine Colette）。她是现代法国著名的女小说家，戏剧家，新闻记者，杂志编辑及女优，法国人称之为"我们的伟大的高莱特"。她生于一八七三年正月二十八日，在堡根第的一个名叫圣苏佛的小城里。她是茹尔·约瑟及西陀尼·高莱特夫妇的女儿。

高莱特女史从小就爱读书，她在圣苏佛一个旧式小学校里读书的时候，曾遍读了左拉，梅里美，雨果，缪赛，都德等人的著作，但是对于那种孩子气十足的贝洛尔童话之类的书籍，她却不喜欢读。

一八九〇年，因为家庭经济关系，她跟着父母迁到邻城高里尼去。两年以后，高莱特女史与盎利·戈谛哀·维拉尔（Henri Gauthier Villars）结了婚。维拉尔比她年长十四岁，是一个音乐批评家，同时又是以维利（Willy）这个署名在巴黎负盛名的"礼拜六派"小说家。结婚之后，高莱特女史常常将她在学生时代的有趣味的故事讲给维利听，供他以小说材料，因此维利也常常觉得他的妻子也有着能够写小说的天才。

于是在一八九六年，当他们夫妇旅行了瑞士及法国回来之后，高莱特女史开始自己写小说了。在一九〇〇年，她的处女作《格劳第就学记》出版了。这部书是用维利这署名出版的，虽然她取材于幼年时的学校生活，但并不是一种狭义的自传式的小说。这书出版以后，毁誉蜂起，但大家都一致地不相信是维利著的。

从此以后，高莱特女史跻上了法国的文坛。《巴黎少女》（一九〇一）、《持家的格劳第》（一九〇二）、《无辜之妻》（一九〇三）这一套连续性的小说次第地印行了，而书中的自传性也逐渐地隐灭了。一九〇四年，她出版了一本清隽绝伦的小品《兽之谈话》，在这部书中，她泄露了深挚的对于动物的慈爱。

一九〇六年，她与维利离婚之后，曾经有一时在哑剧院中演过戏。但是在这种不安定的生活中，她还继续著作。从一九一〇年起，她每年有一部新著出版。

一九一〇年是高莱特女史的著作生活及私生活两方面的重要年份。在著作生活上，她这年出版了《核耐》《恋爱的流浪女》，这是一个离婚了的妇人，一个女优的自叙。这是她第一部重要的著作，有许多人都以此书不得龚果尔奖金为可惜的。在私生活方面，则她在这年中与盎利·特·茹望耐尔（Henri de Juvenel），一个著名的政治家及外交家，结了婚。从此以后，在一九一三年，她出版了《核耐》的续编《再度被获》。

一九一三年到一九一九年这时期，是欧洲最活动最多事的时期，但也是高莱特女史最活动最多事的时期。她除了替《晨报》写许多短篇小说之外，同时还是一个别的报纸上的剧评家，一家书局的编辑，又在《斐迦洛》《明日》《时尚》这三家报馆中担任分栏主笔。在大战期中，她又曾当过看护，并且把她丈夫的财产捐助给一所在圣马洛附近的医院。

从一九一九年出版的《迷左》这部短短的小说开始，高莱特女史的倾向于一种极纤微的肉感的描写，格外显著而达到了纯熟的顶点了。一九二〇年出版了《紫恋》［原名《宝宝》（Cheri），注：男女间亲狎之称也］，描写一个青春年纪的舞男（Gigolo）与一个初入老境的女人的恋爱纠纷。那女人自信有永远把那青年魅惑着的能力，而那青年虽然在与另外一个美貌的少女结婚之后，竟还禁抑不住他对于那个年纪长得可以做母亲的旧情妇的怀恋。于是在挣扎了种种心理及肉体的苦恼之后，他决然舍弃了他的新娘，而重新投入他的旧情妇的怀里。然而，在一瞥见他的旧情妇未施脂粉以前的老态，一种从心底下生出来的厌恶遂不可遏止了。当那风韵犹存的妇人满心怀着的最后之胜利的欢喜尚未低落之前，一个因年老色衰而被弃的悲哀已兜上心来了。在这样的题材下，高莱特女史以她的极柔软的笔调写了这主角二人及其他关系人物的微妙的感觉、情绪与思想。在巴黎，不，差不多全个法国、全个欧洲，或者竟是全世界的读书界中，激动了一阵热烈的称赞。于是这本短短的小说一下子就销行了一百版以上。直到一九二六年，作者还为了餍足读者的欲望起见，出版了《紫恋》的续编：《宝宝的结局》。

在法国并世作家中，高莱特女史是一个有名的文体家。她在著作的时候非常注意着她的文体。她曾说："我从来没有很容易地写作过，我常常有许多地方要改之又改，删了一些，或是增加一些，在校对的时候，我还要有一些改动的。"又说："我不能在头脑里组织我的文章，我必须在动手写的时候，一面写一面组织。"从这两句话中，我们可见这位被称为"有着文体的天才"
的女作家对于她自己的作品是何等地重视，而我们即使从经过了
译者的拙笔也还可以感觉得到的她那特殊纤美的风格，又是怎样
的绝非得之于偶然啊！

保尔·蒲尔惹评传

　　保尔·蒲尔惹（Paul Bourget）于一千八百五十二年九月二日生于法国索麦州（Somme）之阿绵县（Amiens），为法兰西现存大小说家之一。虽则跟随着他的年龄，跟随着时代，他的作品也已渐渐地老去了，褪色了，但他还凭着他的矍铄的精神，老当益壮的态度，在最近几年给我们看了他的新作。他的这些近作固然不值得我们来大书特书，但是他的过去的光荣，他在法兰西现代文学史上的地位，却是怎样也不能动摇的。

　　他的家世是和他的《弟子》的主人公洛贝·格勒鲁的家世有点仿佛。他的父亲于斯丹·蒲尔惹（Justin Bourget）是理学士，他的祖父是土木工程师，他的曾祖是农人。在母系方面，他的母亲是和德国毗邻的洛兰州（Lorraine）人，血脉中显然有着德国的血统。这些对于蒲尔惹有怎样的影响，我们可以从《弟子》第四章《一个现代青年的自白》第一节"我的遗传"中看到详细的解释。

　　在他出世的时候，他的父亲是在索麦的中学校里做数学教员，以后接连地迁任到斯特拉斯堡（Strasbourg），格莱蒙·费朗（Clermont-Ferrand），而在那里做了理科大学的教授。蒲尔惹的教育，便是在格莱蒙开始的。《弟子》的《一个现代青年的自白》中所说的："他利用了山川的风景来对我解释地球的变迁，他从那里毫不费力地明白晓畅地说到拉伯拉思的关于星云的假定说，于是我便在想象中清楚地看见了那从冒火焰的核心中跳出来，从那自转着的灼热的太阳中跳出来的行星的赤焰。那些美丽的夏夜的天空，在我这十岁的孩子眼中变成了一幅天文图；他向我讲解着，于是我便辨识了北极星，北斗七星，织女星，天狼星，辨识了那科学知道其容积，地位和构成金属的一切，可望而不可即的惊人的宇宙。他教我搜集在一本标本册中的花，我在他指导之下用一个小铁锤打碎的石子，我所饲养或钉起来的昆虫，这些他都对我一一加以仔细解释"等语，正就是蒲尔惹的"夫子自道"。此后，因为他的父亲到巴黎去做圣芭尔勃中学（Collège Sainte-Barbe）的校长的缘故，他便也转到这个中学去读书。这是一个和法国文艺界很有关系的中学，有许多作家都是出身于这个中学的。在这个中学，他开始对于文学感到兴趣。就在这个时期，在一千八百七十年，普法战争爆发出来了。这对于他以后的文学生活很有影响的，而以后的他的杰作《弟子》，便在这个时期酝酿着了。在《弟子》的《序言·致一个青年》中，他便这样地对青年说：

是的，他（指著者）想着，而且，这也不是一朝一夕的事，自从你开始读书识字的时候起，自从我们这些行将四十岁的人，当时在那巴黎的炮火声中涂抹着我们最初的诗和我们的第一页散文的时候起，我们早就想到你们了。在那个时代，在我们同寝室的学生之间，是并不快乐的。我们之中的年长者刚出发去打仗，而我们这些不得不留在学校里的人，在那些冷清清只剩了一半学生的课堂里，觉得有一个复兴国家的重大的责任，压在我们身上。

在一八七二年，他得到了文学士学位，便入巴黎大学专攻希腊语言学。在这个时期，他决意地开始他的文学生活了。正如差不多一切的文人一样，他的文学生活是从诗歌开始的。他最初的作品便是在缪赛（Alfred de Musset），波德莱尔（Charles Baudelaire）以及当时（一八七五年顷）法国对于英国湖畔诗人的观念等的影响之下的几卷诗集：《海边》（*Au bord de la mer*），《不安的生活》（*La Vie Inquiete*），《爱代尔》（*Édel*），《自白》（*Les Aveux*）。这些诗集，以诗歌的价值来说，是并不很高的，它们的更大的价值是在心理学上。在这些诗集里，蒲尔惹竭力把他对于拜伦和巴尔倍·陀雷维里（Barbey d'Aurevilly）的景仰，和他的应用在近代生活上的细腻的分析的个人趣味联合在一起。那头两部诗集的题名，《海边》和《不安的生活》，就已很明白地表现出这个二重性，表现出他的在最矫饰的上流社会下面发现了一个深切的心理学的基础的愿望。因为在他的心头统治着的是心智的力，知识的热情，所以诗是和他不大相宜的。他是戴纳（Taine）和富斯代尔·德·古朗什（Fustel de Coulanges）的弟子；可是在很早的时候起，一切的思想潮流都已涌进他的梦想者和好奇者的心灵里了。在他看来，哲学与医学是和政治与历史一样地有兴趣。而在他的一生之中，对于人类的智识的最不同的倾向，他又怀着极大的关心。最和他的分析的禀性相合的艺术形式是小说，——他的第三部诗集《爱代尔》差不多就是小说了——但是他并没有立刻取这个形式。

在写他的小说以前，蒲尔惹先发表了他的《现代心理论集》（一八八三）。这是当时批评界的一个极好的收获。在这本书中，他对于法兰西的诸重要作家，如波德莱尔，勒囊（Renan），弗洛贝尔（Flaubert），斯当达尔（Stendhal），戴纳，小仲马（Duma Fils），勒龚特·德·李勒（Leconte de Lisle），龚果尔兄弟（Edmond et Jules Concourt）等，都有新的估价和独到的见解。这部书，以及以后的《批评与理论集》（二卷，一九一二）和《批评与理论新集》（一九二二）表现着他的批评观念的演进。从他的最初的论文起，他就对于当代青年的这些大师决定了他自己的态度，在研究着他们的时候，他用那在他心头起着作用，互相抵触着或符合着而决定了他的发展的曲线的三个主要的影响确定他自己的立脚点：代表着心灵的不安和神秘的倾向的波德莱尔，心理分析的先驱斯当达尔，以及实验主义的大师戴纳。但和他们不同之处，是他并不从这立脚点前进而后退了。他渐渐地退到传统的，保守的，天主教的路上去。在他的《批评与理论集》的那篇《献给茹尔·勒麦特尔》（*Jules Lemaitre*）的序上，他这样地记着他的演进之迹：

> 这本书对于你会颇有兴趣：这里画着一条和你所经过的思想的曲线很类似的思想的曲线。我们两人都是在大革命的氛围和气质之中长大起来的，可是我们两人却都达到了很会使我们的教授们惊诧的传统的结论。

他终于找到了那最适宜于他的性格的艺术的形式了。他开始写小说了。在他的最初的几部小说，如《残酷的谜》（*Cruelle Enigme* 一八八五），《一件恋爱的犯罪》（*Un Crime d'amour* 一八八六），《谎》（*Mensonges* 一八八七）等中，他只在找寻着他的个人表现。他在他的诗歌中和论文中所不能充分地表现出来的心理分析精神，便开始在小说中大大地发展出来了。在这些小说之中，心理学者和诗人的才能同时地表现了出来。这些小说出版的时候，很受到自然主义者的不满的批评，因为这些小说中的人物大都是取诸上流社会的，而当时的自然主义者们却几乎不承认上流社会的存在。蒲尔惹是致力于描摹现实的各面的，他认为"上流社会"的研究亦是在小说家的努力的范围中的。他之所以选了上流社会，却也有一个理由，因为他觉得上流社会中的人物不大有物质的挂虑，职业的牵累，情感是格外奔放一点，分析起来是格外顺手一点。他的许多长篇小说，如《昂德莱·高尔奈里思》（*Andre Cornelis* 一八八七），《妇人的心》（*Un coeur de femme* 一八九○），《高斯莫保里思》（*Cosmopolis* 一八九三），《一个悲剧的恋爱故事》（*Une Idylle Tragique* 一八九六），中篇小说如《复始》（*Recommencements* 一八九七），《感情的错综》（*Complications Sentimentales* 一八九八），《心的曲折》（*Les Détours du Cocur* 一九○八）等等，都是分析情感的作品。

可是在一千八百八十九年，那部在文学界上同时在他自己的著作间划时代的《弟子》（*Le Disciple*）出世了。这部小说出来以后，他也就决然地走出了他的摸索时期。它显示出了蒲尔惹的更广大的专注。从此以后，他不只是一个心理小说家，而是一个提出了著者的精神上的责任问题的道德家了。这种道德家的严重的口气，我们是可以从那篇作为序文的《致一个青年》中看得出来的：

> 在［我们这些做你的兄长的人们］那些著作中所碰到的回答，是和你的精神生活有点利害关系，和你的灵魂有点利害关系的；——你的精神生活，正就是法兰西的精神生活，你的灵魂，就是它的灵魂。二十年之后，你和你的弟兄们将把这个老旧的国家——我们的公共的母亲——的命脉，抓在掌握之中。你们将成为这国家的本身。那时，在我们的著作中，你将采得点什么，你们将采得点什么？想到了这件事的时候，凡是正直的文士——不论他是如何地无足重轻——就没有一个会不因为自己所负的责任之重大而战战兢兢着的……

在这部书出来的时候，是很引起过一番论争的。的确，这部书是有着它的重大性。它统制着蒲尔惹的思想之分歧，结束了二十年以来在蒲尔惹心头占着优势的各种观念。宣布了那从此以后将取得优势的观念：这是蒲尔惹个人一方面的意义。而在社会一方面的意义是：它越了纯粹艺术的圈子，提出了艺术家对于社会责任的问题，更广泛一点地说，提出了个人生活对于社会生活这个主要的问题。从此以后，他把作品的社会价值看得比艺术价值更高了。从前，他可以说是一个为艺术而艺术的小说家，而现在他却是一位把小说作为工具，作为一种教育的手段的作者了。

的确，他提出了个人生活对于社会生活这个主要的问题，并因此而引起了道德的，宗教的，社会的诸问题。但对于这些问题，他只用了天主教的和保守派的理论去回答。《弟子》是用了巴斯加尔的《基督之神秘》中的这句表面上是假设之辞，而实际上却表现着一个宗教的信仰的话来结束的："如果你没有找到过我，你是不会来找我的!……"

我们可以看到，蒲尔惹只在宗教的回返中看到了出路。以后不久，在《高斯莫保里思》（一八九三）中，蒲尔惹似乎又回复到他最初的那些上流社会的心理小说一次。但这只是一个外表，在他的心里，他的主张仍旧一贯地进行着，一直引导他到《阶段》的正理主义（Doctrinarisme）。

我们上面已经说过，从《弟子》以后，蒲尔惹便继续把他的天才为他的社会的信念服役了。但是他的成就是怎样呢？正如一切的宣传作品一样，我们所感到的只是使人厌倦的说教而已。《阶段》（*L'Etape* 一九〇三），《亡命者》（*L'Emigre* 一九〇七），《正午的魔鬼》（*Le Demon de midi* 一九一四），《死之意义》（*Le Sens de la mort* 一九一五），《奈美西思》（*Nemesis* 一九一八）等等，都是这一种倾向的作品。而其中尤以《阶段》一书为这一种倾向顶点。在《弟子》以后，比较可以一读的只有《正午的魔鬼》而已。

从文学上来讲，蒲尔惹的成就是很微小的。对于每一个小说中的人物，他虽然力求其逼真，使读者觉得确有其人，然而他往往做得过分了，使人起一种沉滞和厌倦之感。这些果然是一切心理小说家所不免的缺陷，但蒲尔惹却做得比别人更过分一点。他尤其喜欢在他的小说中发挥他对于社会，宗教，道德等的个人意见，使一部完整的作品成为不平衡的。这些，即使他的一生杰作《弟子》中也不能免，至于《阶段》那样的作品，那是更不用说了。他的唯一的长处是在他天生的分析天才所赋予他的细腻周到。在这一点上，他是可以超过前人的。至于他的文章的沉重滞涩，近代的批评家们——如保尔·苏代（Paul Souday）——都有定论，也毋庸我们来多说了。

下面的译文，是根据了巴黎伯龙书店（Plon）本翻译出来的。在迻译方面，译者虽然已尽了他的力量，但因原作滞涩烦琐的缘故，所以译文也不免留着原著的短处。译者不能表达出作者的长处而只保留着作者的短处，这是要请读者原谅的。

在本书译成后半个月，即一九三五年十一月二十五日，蒲尔惹在巴黎与世长辞了，享年八十有二岁。《弟子》中译本的出版，也可以算作我们对于这位法国大小说家的一点奠基吧。

谈林庚的诗见和"四行诗"

关于"四行诗"，林庚先生已写过许多篇文章了，如他在《关于北平情歌》一文中所举出的《什么是自由诗》《关于四行诗》《无题之秋序》《诗的韵律》《诗与自由诗》等等，以及这最近的《关于北平情歌》。一位对于自己的诗有这样许多话说的诗人是幸福的，因为如果他没有说教者的勇气（但我们已看见一两位小信徒了），他至少是有狂信者的精神的。不幸这些文章我都没有机缘看到，而在总括这几篇文章之要义的《关于北平情歌》中，我又不能得到一个林先生的主张之正确的体系。

第一，林先生以为自由诗和韵律诗的分别，只是"姿态"上的不同（提到他的"四行诗"的时候，他又说是"风格"的不同，而"姿态"和"风格"这两个不大切合的辞语，也就有着"不同"之处了），而说前者是"紧张惊警"，后者是"从容自然"。关于这一点，我们不知道林先生的论据之点是什么？是从诗人写作时的态度说呢，还是从诗本身所表现的东西说？如果就诗人写作时的态度说呢，则韵律诗也有急就之章，自由诗也有经过了长久的推敲才写出来的。如果就诗本身所表现的东西来说呢，则我们所碰到的例子，又往往和林先生所说的相反。如我的大部分的诗作，可以加之以"紧张惊警"这四个绝不相称的形容词吗？郭沫若、王独清的大部分的诗，甚至那些口号式的"革命诗"（这些都不是"四行诗"，然而都是音调铿锵的韵律诗），我们能说它们是"从容自然"的吗？

　　我的意思是，自由诗与韵律诗（如果我们一定要把它们分开的话）之分别，在于自由诗是不乞援于一般意义的音乐的纯诗（昂德莱·纪德有一句话，很可以阐明我的意思，虽则他其他的诗的见解我不能同意；他说，"……句子的韵律，绝对不是在于只由铿锵的字眼之连续所形成的外表和浮面，但它却是依着那被一种微妙的交互关系所合着调子的思想之曲线而起着波纹的"）。而韵律诗则是一般意义的音乐成分和诗的成分并重的混合体（有些人竟把前一个成分看得更重）。至于自由诗和韵律诗这两者之孰是孰非，以及我们应该何舍何从，这是一个更复杂而只有历史能够解决的问题。关于这方面，我现在不愿多说一句话。

　　其次是关于林庚先生的"四行诗"是否是现代的诗这个问题。在这一方面，我和钱献之先生和另一些人同意，都得到一个否定的结论。从林庚先生的"四行诗"中所放射出来的，是一种古诗的氛围气，而这种古诗的氛围气，又绝对没有被"人力车""马路"等现在的噪音所破坏了。约半世纪以前，捃扯新名词以自表异的诗人们夏曾佑，谭嗣同，黄公度等辈，仍然是旧诗人；林庚先生是比他们更进一步，他并不只捃扯一些现代的字眼，却捃扯一些古已有之的境界，衣之以有韵律的现代语。所以，从表面上看来，林庚先生的四行诗是崭新的新诗，但到它的深处去探测，我们就可以看出它的古旧的基础了。现代的诗歌之所以与旧诗词不同者，是在于它们的形式，更在于它们的内容。结构，字汇，表现方式，语法等等是属于前者的；题材，情感，思想等等是属于后者的；这两者和时代之完全的调和之下的诗才是新诗。而林庚的"四行诗"却并不如此，他只是拿白话写着古诗而已。林庚先生在他的《关于北平情歌》中自己也说："至于何以我们今日不即写七言五言，则纯是白话的关系，因为白话不适合于七言五言。"从这话看来，林庚先生原也不过想用白话去发表一点古意而已。

这里，我应该补说：古诗和新诗也有着共同之一点的。那就是永远不会变价值的"诗之精髓"。那维护着古人之诗使不为岁月所斫伤的，那支撑着今人之诗使生长起来的，便是它。它以不同的姿态存在于古人和今人的诗中，多一点或少一点；它像是一个生物，渐渐地长大起来。所以在今日不把握它的现在而取它的往昔，实在是一种年代错误（关于这"诗的精髓"，以后有机会我想再多多发挥一下）。

现在，为给"林庚的四行诗是否是白话的古诗"这个问题提出一些证例起见，我们可以如此办：

一、取一些古人的诗，将它们译成林庚式的四行诗，看它们像不像是林庚先生的诗；

二、取一些林庚先生的四行诗，将它们译成古体诗，看它们像不像是古人的诗。

我们先举出第一类的例子来，请先看译文：

日　日

春光与日光争斗着每一天

杏花吐香在山城的斜坡间

什么时候闲着闲着的心绪

得及上百尺千尺的游丝线（译文一）

　　这是从李义山的集子里找出来的，但是如果编入《北平情歌》中，恐怕就很少有人看得出这不是林庚先生的作品吧。原文是：

日日春光斗日光

山城斜路杏花香

几时心绪浑无事

及得游丝百尺长（原文一）

　　我们再来看近人的一首不大高明的七绝的译文：

离　家

江上海上世上飘的尘埃

在家人倒过出家人生涯

秋烟已远了的蓼花渡口

逍遥的鸥鸟的心在天外（译文二）

　　这是从最新寄赠新诗社的一本很坏的旧诗集《豁心集》（沉

迹著）中取出来的。原文如下：

> 江海飘零寄世尘
>
> 在家人似出家人
>
> 蓼花渡口秋烟远
>
> 一点闲鸥天地心（原文二）

这种滥调的旧诗，在译为白话后放在《北平情歌》中，并不会是最坏的一首。因此我们可以说，把古体诗译成林庚先生的"四行诗"是既容易又讨好。

现在，我们来举第二类的例子吧。这里是不脱前人窠臼的两首七绝和一首七律：

偶　得

> 春愁恰似江南岸
>
> 水满桥头渐觉时
>
> 孤云一朵闲花草
>
> 簪上青青游子衣（译文三）

古　城

> 西风吹得秋云散
>
> 断梦荒城不易寻
>
> 瓦上青天无限远
>
> 宵来寒意恨常深（译文四）

爱之曲

黄昏斜落到朱门

应有行人惜旅人

车去无风经小巷

冬来有梦过高城

街头人影知难久

墙上消痕不再逢

回首青山与白水

载将一日倦行程（译文五）

　　这三首诗是从《北平情歌》中译出来的，《偶得》见第三十三页，《古城》见第六十一页，《爱之曲》见第六十七页，译文和原文并没有很大的差异（第三首第四句改变了一点），最后一首，连韵也是步原作的。我们看原文吧：

春天的寂寞像江南草岸

桥边渐觉得江水又高涨

孤云如一朵人间的野花

便落在游子青青衣襟上（《偶得》）

西北风吹散了秋深一片云

古城中的梦寐一散更难寻

屋背上蓝天时悠悠无限意

黄昏来的冻意惆怅已无穷（《古城》）

都市里的黄昏斜落到朱门

应有着行人们怜惜着行人

小巷的独轮车无风轻走过

冬天来的寒意天蓝过高城

街头的人影子拖长不多久

红墙上的幻灭何处再相逢

回头时满眼的青山与白水

已记下了惆怅一日的行程（《爱之曲》）

这就证明了把林庚先生的"四行诗"译成古体诗也是并不困难而且颇能神似的。

这些所证明的是什么呢？它们证明了林庚先生并没有带了什么东西给现代的新诗；反之，旧诗倒给了林庚先生许多帮助。从前人有旧瓶装新酒的话，"四行诗"的情形倒是新瓶装旧酒了；而这新瓶，实际也只是经过了一次洗刷的旧瓶而已。

在许多新诗人之间，林庚先生是一位有才能的诗人，《夜》和《春野与窗》曾给过我们一些远大的希望，可是他现在却多少给与我们一些幻灭了。听说林庚先生也常常写"绝句"（见英译《中国现代诗选》），那么或者他还没有脱出那古旧的桎梏吧。在采用了这"四行诗"的时候，林庚先生就好像走进了一个大森林中一样，他好像可以四通八达，无所不至，然而他终于会迷失在里面。

而且林庚先生所提创的"四行诗"，还会生一个很坏的影响，那就是鼓励起一些虚荣的青年去做那些类似抄袭的行为，大量地产生一些拿古体诗来改头换面的新诗，而实际上我们的确也陆续看到了几个这一类的例子了。

关于国防诗歌

　　新文学运动以来，在文学的各种样式中，诗是进步得最快而比较最有成就的。其所以如此者，第一是为了它没有受到商业资本主义的牵制，不像写小说的人们那样，要受了市场的影响而改变其作风，甚至思想，并因供给市场的需要而大量生产，而粗制滥造（这是一般的现象，我们当然不乏优秀的小说作家，如废名，沈从文，施蛰存以及其他少数的作家，但这不幸都是例外）；第二是因为那些但为"幸福的少数"或甚至但为自己写着的那些诗人们，如果他们的写作手法并不比别人高一点，那么他们对于文学的认识一定要比别人深切一点，因为，在取诗为他们的表现形式的时候，他们就是高人一等的了。

　　但是这在新文学运动以来比较最有成就的新诗，在中国文坛上却受到了它所不应得的遭遇：一般人对于它的态度是忽视，另一些人却竟加以轻鄙。但看一般文艺杂志把填补空白的地位让与诗或竟一点地位也不给它，就是一个明证了。在读者之间呢，因为他们大部分是中学生，自然以巴金式的恋爱革命型小说最合脾胃，对于那不能满足他们的浅薄的趣味的诗，不感到兴趣的是不足怪的；但是有鉴赏力的纯粹诗的读者，却似乎也并不像别人所猜度那样地少，观乎以前新月书店出版的诗刊之繁荣一时，以及现在新诗社出版的新诗月刊之生气蓬勃，写诗的人们也就可以得到一点慰藉了。

但是这种慰藉究竟只是一点点，因为现在又有人主张不需要这些纯诗，而提出了"国防诗歌"这口号了。在这些人的意思，一切东西都是一种工具，一切文学都是宣传，他们不了解艺术之崇高，不知道人性的深邃；他们本身就是一个盲目的工具，便以为新诗必然具有一个功利主义之目的了。他们把诗只当作标语口号，所以在一般的标语口号的更换之下，我们听到了阶级诗歌、反帝诗歌以及现在的"国防诗歌"（在另一方面，提出了民族诗歌的人们也是同样的浅薄）。平心静气地说来，诗中是可能有阶级、反帝、国防或民族的意识情绪的存在的，但我们不能说只有包含这种意识情绪的诗是诗，是被需要的，我们不能说诗一定要包含这种意识情绪，除非我们否定人的思想感情的存在，否定人的存在。

但是那些所谓"国防诗歌"的提倡者们是怎样的呢？他们以为只有包含国防意识情绪的才是诗，是被需要，他们主张诗必须要包含国防意识情绪。有了这种偏狭的见解，这种非人性的头脑，无怪其不能和诗去接近了。

前面我们已经说过，诗中是可能有国防的意识情绪的存在的，一首有国防意识情绪的诗可能是一首好诗，唯一的条件是它本身是诗。但是反观现在的所谓"国防诗歌"呢，只是一篇分了行、加了勉强的脚韵的浅薄而庸俗的演说辞而已。"诗"是没有了的，而且千篇一律，言不由衷，然而那些人们却硬派它是诗，而且，为要独标异帜起见，还给它巧立了"国防诗歌"这头尾不相称的名称。

这种所谓"国防诗歌"，因为在写作上有极大的便利的缘故（第一，它有着固定的公式，其次，它用不到艺术手法），所以在自己的一群中一唱百和，你也来一首国防诗，我也来一首国防诗，结了一个帮口，造成了一个风气，好像摇身一变大家都成为真正的国防诗人了。然在有识之士看来，这真是不值一笑。

现在，我们姑且把这所谓"国防诗歌"的艺术价值搁起不提，而来看看它的实际效用吧。当然，我们不会苛求这些纸人纸马化为千万神军，把敌人杀个片甲不留，也不希望这些出自"国防诗人"手笔的古怪的东西像李谪仙醉中所草的吓蛮书一样，把番使吓退。我们至少要问的是：这所谓"国防诗歌"者，果能鼓动群众的爱国御敌之心吗？果真能激励前线战士们的勇气吗？如果是的，纵然不是诗也是一种有用的东西。

但是实际上并不如此，它所采取的形式，它的表现方法，它的字汇等等，都是不能和大众接近的（为了实用起见，那些国防诗歌的倡论者实在应该放开了诗而走山歌俚曲那一条路，我不懂他们为什么抓住了诗不肯放手），其结果只是自写自读自说的书斋里的东西而已——而且是怎样寒伧的一个书斋啊！

空言无益，让我举出我亲自碰到的实例吧：旧历年底我回到杭州去的时候，在火车上偶然买了一本所谓前进的杂志翻翻，在这杂志里，就登了两首"国防诗歌"。这时候我忽发雅兴，想知道一般人对于这所谓"国防诗歌"的理解是怎样，便对我邻座的一位劳动者型的人（后来我知道他是上海某营造厂的工人）提议念诗给他听，请他听了之后说觉得怎样。他在惊讶之中答应了，于是我念起来，于是他惊讶地听着。等我念完之后，他摇摇头，说道："不懂，不懂，也不好听。"这时对座的一个士兵正在好奇地望着我们，我便把那杂志递了给他，请他看看我所念过的那首诗，因为他手头有一份报，我知道他是认字的。他接了过去，皱了眉头用心地看着，有时还念出声来。等他看完了，我问他觉得如何的时候，他的回答是："一点意思也没有，全是废话。什么'打敌人'，尽嚷着中什么用，还不是要靠我们的枪杆儿！"接着他便说了一句粗鲁的话。

这所谓"国防诗歌"所自以为能从而收效果的人们的感想是如此！"国防诗歌"往哪里去！既不是诗歌而又和国防一点也不生瓜葛的"国防诗歌"留在那么寒伧的书斋中做一个空虚的幌子吧。

跋《山城雨景》

　　约在二十年前，上海的文士每逢星期日总聚集在北四川路虬江路角子上的那间"新雅茶室"，谈着他们的作品，他们的计划，或仅仅是清谈。他们围坐在一张大圆桌周围高谈阔论着，从早晨九时到下午一时，而在这一段时间，穿梭地来往着诗人，小说家，戏剧家，散文家和艺术家，陆续地来又陆续地走，也不问到底谁"背十字架"，只觉得自己的确已把一个休暇的上午有趣地度过了而已。

　　在这集会之中，有两个人物都是以健谈著名的：一个是上海本地的傅彦长，一个是从广东来的卢梦殊。据说他们两人谈起来，虽则一个极小的问题也可以谈整日整夜，可是到底这是否是事实，却恕我不能作证人。我可以作证的，就是他们说话的艺术的确是比一般人高而已。而最引人注意的就是他们每人都有一个奇怪的笔名。傅彦长的笔名是穆罗茶，卢梦殊的是罗拔高。

　　穆罗茶这笔名据说是一个广东朋友给他取的（也许就是卢梦殊吧），"穆罗茶"者，"摩罗差"也。可是我不明白的，就是傅君并不是黑头大汉，而且也并不喜欢干涉吵嘴打架之类的事，怎样会有"摩罗差"这样的称号。至于"罗拔高"呢，那倒是更容易理解一点。"罗拔高"者，"萝白糕"也。据说梦殊在新雅茶室饮茶的时候独喜萝白糕一味，卢君是广东人，而萝白糕又是广东特产，因而人们就很自然地呼梦殊为"萝白糕"，而梦殊又很自然地自呼为"罗拔高"了。

梦殊在当时写作是很丰富的，可惜的是他并没有把那些散见在报章杂志上的文章搜集起来，印成集子，使人有重读的机会。而梦殊自己似乎也对于自己的产物并不珍惜似的，让它们湮埋在故纸堆中。这种对于自己旧作的歧视的态度，现在想起来，倒也确有其理由的。人到中年，是往往深悔少作了。我自己就有着这种感想，而认为那些肤浅的诗句至今还留在世间是一件遗憾。

而这种遗憾，梦殊却并没有。他现在所出版的，却是他的成熟的作品：《山城雨景》。

《山城雨景》是作者的近作的结集。它不是一幅巨大的壁画，却是一幅幅水墨的小品。世人啊！你们生活在你们的小欢乐和小悲哀之中，而一位艺术家却在素朴而淋漓的笔墨之中将你们描画了出来。世人啊，在《山城雨景》之中鉴照一下你们自己的影子吧。

诗论零札

竹头木屑，牛溲马勃，运用得法，可成为诗，否则仍是一堆弃之不足惜的废物。罗绮锦绣，贝玉金珠，运用得法，亦可成为诗，否则还是一些徒炫眼目的不成器的杂碎。

诗的存在在于它的组织。在这里，竹头木屑，牛溲马勃，和罗绮锦绣，贝玉金珠，其价值是同等的。

批评别人的诗说"如七宝楼台，炫人眼目，拆碎下来，不成片段"，是一种不成理之论。问题不是在于拆碎下来成不成片段，却是在搭起来是不是一座七宝楼台。

西子捧心，人皆曰美，东施效颦，见者掩面。西子之所以美，东施之所以丑的，并不是捧心或颦眉，而是他们本质上美丑。本质上美的，荆钗布裙不能掩。本质上丑的，珠衫翠袖不能饰。

诗也是如此，它的佳劣不在形式而在内容。有"诗"的诗，虽以佶屈聱牙的文字写来也是诗；没有"诗"的诗，虽韵律齐整音节铿锵，仍然不是诗。只有乡愚才会把穿了彩衣的丑妇当作美人。

说"诗不能翻译"是一个通常的错误。只有坏诗一经翻译才失去一切，因为实际它并没有"诗"包涵在内，而只是字眼和声音的炫弄，只是渣滓。真正的诗在任何语言的翻译中都永远保持着它的价值。而这价值，不但是地域，就是时间也不能损坏的。

翻译可以说是诗的试金石，诗的滤筝。

不用说，我是指并不歪曲原作的翻译。

韵律齐整论者说：有了好的内容而加上"完整的"形式，诗始达于完美之境。

此说听上去好像有点道理，仔细想想，就觉得大谬。诗情是千变万化的，不是仅仅几套形式和韵律的制服所能衣蔽。以为思想应该穿衣裳已经是专断之论了（梵乐希：《文学》），何况主张不论肥瘦高矮，都应该一律穿上一定尺寸的制服？

所谓"完整"并不应该就是"与其他相同"。每一首诗应该有它自己固有的"完整"，即不能移植的它自己固有的形式，固有的韵律。

米尔顿说，韵是野蛮人的创造；但是，一般意义的"韵律"，也不过是半开化人的产物而已。仅仅非难韵实乃五十步笑百步之见。

诗的韵律不应只有浮浅的存在。它不应存在于文字的音韵抑扬这表面，而应存在于诗情的抑扬顿挫这内里。

在这一方面，昂德莱·纪德提出过这更正确的意见："语辞的韵律不应是表面的，矫饰的，只在于铿锵的语言的继承；它应该随着那由一种微妙的起承转合所按拍着的，思想的曲线而波动着。"

定理：

音乐：以音和时间来表现的情绪的和谐。

绘画：以线条和色彩来表现的情绪的和谐。

舞蹈：以动作来表现的情绪的和谐。

诗：以文字来表现的情绪的和谐。

对于我，音乐，绘画，舞蹈等等，都是同义字，因为它们所要表现的是同一的东西。

把不是"诗"的成分从诗里放逐出去。所谓不是"诗"的成分，我的意思是说，在组织起来时对于诗并非必需的东西。例如通常认为美丽的词藻，铿锵的音韵等等。

并不是反对这些词藻、音韵本身。只当它们对于"诗"并非必需，或妨碍"诗"的时候，才应该驱除它们。

诗人梵乐希逝世

据七月二十日苏黎世转巴黎电，法国大诗人保禄·梵乐希已于二十日在巴黎逝世。

梵乐希和我们文艺界的关系，不能说是很浅。对于我国文学，梵乐希是一向关心着的。梁宗岱的法译本《陶渊明集》，盛成的法文小说《我的母亲》，都是由他作序而为西欧文艺界所推赏的；此外，雕刻家刘开渠，诗人戴望舒，翻译家陈占元等，也都做过梵乐希的座上之客。虽则我国梵乐希的作品翻译得很少，但是他对于我们文艺界一部分的影响，也是不可否认。所以，当这位法国文坛的巨星陨堕的时候，来约略介绍他一下，想来也必为读者所接受的吧。

保禄·梵乐希于一八七一年十月三十日生于地中海岸的一个小城——赛特，母亲是意大利人。他的家庭后来迁到蒙柏列城，他便在那里进了中学，又攻读法律。在那个小城中，他认识了《阿弗诺第特》的作者别尔·路伊思，以及那在二十五年后使他一举成名的昂德莱·纪德。

在暑期，梵乐希常常到他母亲的故乡热拿亚去。从赛特山头遥望得见地中海的景色，热拿亚的邸宅和大厦，以及蒙柏列城的植物园等，在诗人的想象之中都留下了深深的印迹。

在一八九二年，他到巴黎去，在陆军部任职，后来又转到哈瓦斯通讯社去。在巴黎，他受到了当时大诗人马拉美的影响，变成了他的入室弟子，又分享到他的诗的秘密。他也到英国去旅行，而结识了名小说家乔治·米雷狄思和乔治·莫亚。

到这个时期为止，他曾在好些杂志上发表他的诗，结集成后来在一九二〇年才出版《旧诗帖》集。他也写了《莱奥拿陀·达·文西方法导论》（一八九五）和《戴斯特先生宵谈》（一八九六）。接着，他就完全脱离了文坛，过着隐遁的生涯差不多有二十年之久。

在这二十年之中的他的活动，我们是知道得很少。我们所知道的，只是他放弃了诗而去研究数学和哲学，像笛卡德在他的炉边似的，他深思熟虑着思想、方法和表现的问题。他把大部分的警句、见解和断片都储积在他的手册上，长久之后才编成书出版。

在一九一三年，当他的朋友们怂恿他把早期的诗收成集子的时候，他最初拒绝，但是终于答应了他们，而坐下来再从事写作；这样，他对于写诗又发生了一种新的乐趣。他花了四年工夫写成了那篇在一九一七年出版的献给纪德的名诗《青年的命运女神》。此诗一出，立刻受到了优秀的文人们的热烈欢迎。朋友们为他开朗诵会，又写批评和赞颂文字；而从这个时候起，他所写的一切诗文，便在文艺市场中为人热烈地争购了。称颂，攻击和笔战替他做了极好的宣传，于是这个逃名垂二十年的诗人，便在一九二五年被选为法兰西国家学院的会员，继承了法朗士的席位了。正如一位传记家所说的一样，"梵乐希先生的文学的成功，在法国文艺界差不多是一个唯一的事件"。

自《青年的命运女神》出版以后，梵乐希的诗便一首一首地发表出来。数目是那么少，但却都是费尽了推敲功夫精炼出来的。一九一七年的《晨曦》，一九二〇年的《短歌》和《海滨墓地》，一九二二年的《蛇》《女巫》，和《幻美集》，都只出了豪华版，印数甚少，只有藏书家和少数人弄得到手，而且在出版之后不久就绝版了的。一九二九年，哲学家阿兰评注本的《幻美集》出版，一九三〇年，普及本的《诗抄》和《诗文选》出版，梵乐希的作品始普及于大众。在同时，他出版了他的美丽的哲理散文诗《灵魂和舞蹈》（一九二一）和《欧巴里诺思或大匠》（一九二三），而他的论文和序文，也集成《杂文一集》（一九二四）和《杂文二集》（一九二九）。此外，他的《手册乙》（一九二四），《爱米里·戴斯特太太》（一九二五），《罗盘方位》（一九二六），《罗盘方位别集》（一九二七）和《文学》（一九二九，有戴望舒中译本），也相继出版，他深藏的内蕴，始为世人所知。

梵乐希不仅在诗法上有最高的造就，他同样也是一位哲学家。从他的写诗为数甚少看来，正如他所自陈的一样，诗对于他与其说是一种文学活动，毋宁说是一种特殊的心灵态度。诗不仅是结构和建筑，而且还是一种思想方法和一种智识——是想观察自己的灵魂，是自鉴的镜子。要发现这事实，我们也不需要大批研究梵乐希的书或是一种对于他诗中的哲理的解释。他对于诗的信条，是早已在四十年前最初的论文中表达出来了，就是在那个时候，他也早已认为诗是哲学家的一种"消遣"和一种对于思索的帮助了。

而他的这种态度，显然是和以抒情为主的诗论立于相对的地位的。在他的《达文西方法导论》中，梵乐希明白地说，诗第一是一种文艺的"工程"，诗人是"工程师"，语言是"机器"；他还说，诗并不是那所谓灵感的产物，却是一种"勉力""练习"和"游戏"的结果。这种诗的哲学，他在好几篇论文中都再三发挥过，特别是在论拉封丹的《阿陶尼思》和论爱伦坡的《欧雷加》的那几篇文章中。而在他的《答辞》之中，他甚至说，诗不但不可放纵情绪，却反而应该遏制而阻拦它。但是他的这种"诗法"，我们也不可过分地相信。在他自己的诗中，就有好几首好诗都是并不和他的理论相符的；矫枉过正，梵乐希也是不免的。

意识的对于本身和对于生活的觉醒，便是梵乐希大部分的诗的主题，例如《水仙辞断章》《女巫》《蛇之初稿》等等。诗的意识瞌睡着；诗人呢，像水仙一样，迷失在他的为己的沉想之中；智识和意识冲突着。诗试着调解这两者，并使他们和谐；它把暗黑带到光明中来，又使灵魂和可见的世界接触；它把阴影、轮廓和颜色给与梦，又从缥缈的憧憬中建造一个美的具体世界。它把建筑加到音乐上去。生活，本能和生命力，在梵乐希的象征——树，蛇，妇女——之中，摸索着它们的道路，正如在柏格森的哲学中一样；而在这种"创造的演化"的终点，我们找到了安息和休止，结构和形式，语言和美，槟榔树的象征和古代的圆柱（见《槟榔树》及《圆柱之歌》）。

不愿迷失或沉湮于朦胧意识中，便是梵乐希的杰作《海滨幕地》的主旨。在这篇诗中，生与死，行动与梦，都互相冲突着，而终于被调和成法国前无古人的最隐秘而同时又最音乐性的诗。

人们说梵乐希的诗晦涩，这责任是应该由那些批评和注释者来担负，而不是应该归罪于梵乐希自己的。他相当少数的诗，都被沉没在无穷尽的注解之中，正如他的先师马拉美所遭遇到的一样。而正如马拉美一样，他的所谓晦涩都是由那些各执一辞的批评者们而来的。正如他的一位传记家所讽刺地说的那样："如果从梵乐希先生的作品所引起的大批不同的文章看来，那么梵乐希先生的作品就是一个原子了。他自己也这样说：'人们所写的关于我的文章，至少比我自己所写的多一千倍。'"

关于那些反对他的批评者的意见，我们在这里也讨论不了那么多，例如《纯诗》的作者勃雷蒙说他是"强作诗人"，批评家路梭称他为"空虚的诗人"，而一般人又说他的诗产量贫乏等等；而但尼思·梭雷又攻击他以智识破坏灵感。其实梵乐希并没有否定灵感，只是他主张灵感须由智识统制而已。他说："第一句诗是上帝所赐的，第二句却要诗人自己去找出来。"在他的诗中，的确是有不少"迷人之句"使许多诗人们艳羡的；至于说到他的诗产量"贫乏"呢，我们可以说，以少量诗而获得巨大的声名的，在法国诗坛也颇有先例，例如波特莱尔，马拉美和韩波就都如此。

这位罕有的诗人对于思想和情性的流露都操纵有度，而在他的《手册》《方法》《片断》和《罗盘方位》等书中的零零碎碎的哲学和道德的意见，我们是不能加以误解的。那些意见和他的信条是符合的，那就是：正如写诗一样，思索也是一种辛勤而苦心的方法；正如一句诗一样，一个思想也必须小心地推敲出来的。"就其本性说来，思想是没有风格的"，他这样说。即使思想是已经明确了的，但总还须经过推敲而陈述出来，而不可仅仅随便地录出来。梵乐希是一位在写作之前或在写作的当时，肯花工夫去思想的诗人。而他的批评性和客观性的方法，是带着一种新艺术的表记的。

然而，在说这话的时候，我们的意思并不就是排斥那一任自然流露，情绪突发的诗，如像超自然主义那一派一样。梵乐希和超自然主义派，都各有其所长，也各有其所短，这是显然的事实。

梵乐希已逝世了，然而梵乐希在法国文学中所已树立了的纪念碑，将是不可磨灭的。

悼杜莱塞

美联社十二月二十九日电：七十四岁高龄的美名作家杜莱塞，已于本日患心脏病逝世。

这个简单的电文，带着悲怅，哀悼，给与了全世界爱好自由，民主，进步的人。世界上一位最伟大而且是最勇敢的自由的斗士，已经离开了我们，去作永恒的安息了，然而他的思想，他的行动，却永远存留着，作为我们的先导，我们的典范。

杜莱塞于一八七一年生于美国印第安那州之高地，少时从事新闻事业，而从这条邻近的路，他走上了文学的路。他的文学生活是在一九〇〇年顷开始的。最初出版的两部长篇小说《加里的周围》和《珍尼·葛拉特》使他立刻闻名于文坛，而且确立了他的新现实主义的倾向。

他以后的著作，就是朝着这个方向走过去的，他抓住了现实，而把这现实无情地摊陈在我们前面。《财政家》如此，《巨人》如此，《天才》也如此，像爱米尔·左拉一样，他完全以旁观者的态度去参加生存的悲剧。天使或是魔鬼，仁善或是刁恶，在他看来都是一样的文献，一样的材料，他冷静地把他们活生生地描画下来，而一点也不参加他自己的一点主观。从这一点上，他是左拉一个大弟子。

他的写实主义不仅仅只是表面的发展，却深深地推到心理上去。他是心理和精神崩溃之研究的专家，而《天才》就是在这一方面的他的杰作。

在《天才》之后，他休息了几年，接着他在一九二五年出版了他的《一个美国的悲剧》。这部书，追踪着雨果和陀斯托也夫斯基，他对于犯罪者作了一个深刻的研究。忠实于他的方法，杜莱塞把书中的主人公格里斐士的犯罪心理从萌芽，长成，发展，像我们拆开一架机器似的，一件件地分析出来。到了这部小说，从艺术方面来说，杜莱塞已达到了它们的顶点了。

然而，杜莱塞真能够清清楚楚地看到美国社会的罪恶，腐败，而无动于衷吗？作为一个真正的艺术家，对于这一切肮脏，黑暗，他会不起正义的感觉而起来和它们战斗吗？他所崇拜的法国大小说家左拉，不是也终于加入到社会主义的集团，从象牙之塔走到十字街头吗？

是的，杜莱塞是一个有正义感的艺术家，他之所以没有立刻成为一个战士，是为了时机还没有成熟。

这时，一个新的世界吸引了他：社会主义的苏联。在一九二八年，他到苏联去旅行。他看见了。他知道了。他看到了和资本主义的腐败相反的进步，他知道了人类憧憬着的理想是终于可以实现。从苏联回来之后，他出版了他的《杜莱塞看苏联》，而对于苏联表示着他的深切的同情。苏联的旅行在他的心头印了一种深刻的印象，因而在他的态度上，也起了一个重要的变化。

从这个时候起，他已不再是一个冷静的旁观者，一个明知道黑暗，腐败，罪恶而漠然无动于衷的人了。新的世界已给了他以启示，指示了他的道路，他已深知道单单观察，并且把他所观察到的写出来是不够，他需要行动，需要用他艺术家的力量去打倒这些黑暗，腐败，和罪恶了。

在一九三〇年，他就公开拥护苏联，公开地反对帝国主义者对苏联的进攻，从那个时候起，苏联已成为他的理想国。他说："我反对和苏联的任何冲突，不论那冲突是从哪方面来的。"在一九三一年，这位伟大的作家更显明了他的革命的岗位。他不仅仅把自己限制于对于时局的反应上，却在行动上参加了劳动阶级的斗争。他组织了一个委员会，去揭发出在资本主义的美国，劳动者们所处的地位是怎样地令人不能忍受。他细心地分析美国，研究美国的官方报告，经济状况，国家的统计，预算，并且亲自去作种种的实际调查。经过了长期的研究，调查，分析，他便写成了一部在美国文学史上空前，在他个人的文艺生活中也是特有伟大的作品：《悲剧的美国》，而把它掷到那自在自满的美国资产者们的脸上去。

杜莱塞的这部新著作，可以说是他的巨著《一个美国的悲剧》的续编。在这部书中，杜莱塞矫正了他的过去，他在一九二五年所写的那部小说是写一个美国中产阶级者的个人的悲剧，在那部书中，杜莱塞还是以为资本主义的大厦是不可动摇的。可是在这部新著中呢，美国资本主义的机构是在一个新的光亮之下显出来了。杜莱塞用着无数的事实和统计数字做武器，用着大艺术家的尖锐和把握做武器，把美国的所谓"民主"的资产阶级和社会法西斯的面具，无情地撕了下来。

　　这部书出版以后，资本主义的美国的惊惶是不言而喻的了。他受到了各方面的猛烈的攻击，他被一些人视为洪水猛兽，然而，他却得到了更广大的人，奋斗着而进步着的人们的深深的同情，爱护。

　　从这个时候起，他已成为一个进步的世界的斗士了。他参加美国的革命运动，他为《工人日报》经常不断地撰稿，他亲自推动并担任"保卫政治犯委员会"的主席，他和危害人类的法西斯主义作着生死的战斗。西班牙之受法西斯危害，中国之被日本侵略，他都起来仗义发言，向全世界呼吁起来打倒法西斯主义。

　　从这一切看来，杜莱塞之走到社会主义的路上去，决不是偶然的事，果然，在他逝世之前不久，他以七十四的高龄加入了美国共产党，据他自己说，他之所以毅然加入共产党，是因为西班牙大画家比加索和法国大诗人阿拉贡之加入法国共产党，而受到了深深的感动，亦是为了深为近年来共产党在全世界反法西斯斗争中的英勇业绩所鼓舞。在他写给美国共产党首领福斯特的信中，他说："对于人类的伟大与尊敬的信心，早已成就了我生活与工作的逻辑，它引导我加入了美国共产党。"然而，我们如果从他的思想行动看来，这是必然的结果，即使他没有加入共产党，他也早已是一个共产党了。

　　然而在这毅然的举动之后不久，这个伟大的人便离开了我们。杜莱塞逝世了，然而杜莱塞的精神却永存在我们之间。

十年前的《星岛》和《星座》

一九三八年五月中，那时我刚从变作了孤岛的上海来到香港不久。《吉诃德爷》的翻译工作虽然给了我一部分生活保障，但是我还是不打算在香港长住下来。那时我的计划是先把家庭安顿好了，然后到抗战大后方去，参与文艺界的抗敌工作，因为那时中华文艺界抗敌协会已开始组织起来了。可是一个偶然的机会却叫我在香港逗留了下来。

有一天，我到简又文陆丹林先生所主办的"大风社"去闲谈。到了那里的时候，陆丹林先生就对我说，他正在找我，因为有一家新组织的日报，正在物色一位副刊的编辑，他想我是很适当的，而且已为我向主持人提出过了，那便是《星岛日报》，是胡文虎先生办的，社长是他的公子胡好先生。说完了，他就把一封已经写好了的介绍信递给我，叫我有空就去见胡好先生。

我踌躇了两天才决定去见胡好先生。使我踌躇的，第一是如果我接受下来，那么我全盘的计划都打消了；其次，假定我担任了这个职务，那么我能不能如我的理想编辑那个副刊呢？因为，当时香港还没有一个正式新文艺的副刊，而香港的读者也不习惯于这样的副刊的。可是我终于抱着"先去看看"的态度去见胡好先生。

看见了现在这样富丽堂皇的星岛日报社的社址，恐怕难以想象——当年初创时的那种简陋吧。房子是刚刚重建好，牌子也没有挂出来，印刷机刚运到，正在预备装起来，排字房也还没有组织起来，编辑部是更不用说了。全个报馆只有一个办公室，那便是在楼下现在会计处的地方。便在那里，我见到了胡好先生。

使我吃惊的是胡好先生的年轻，而更使我吃惊的是那惯常和年轻不会合在一起的干练。这个十九岁的少年那么干练地处理着一切，热情而爽直。我告诉了他我愿意接受编这张新报的副刊，但我也有我的理想，于是我把我理想中的副刊是怎样的告诉了他。胡好先生的回答是肯定的，他告诉我，我会实现我的理想。接着我又明白了，现在问题还不仅在于副刊编辑的方针和技术，却是在于使整个报馆怎样向前走，那就是说，我们面对着的，是一个达到报纸能出版的筹备工作。我不得不承认，我的经验只是整个报馆的一部分。但是我终于毅然地答应下来，心里想，也许什么都从头开始更好一点。于是我们就说定第二天起就开始到馆工作。

一切都从头开始，从设计信笺信封，编辑部的单据，一直到招考记者和校对，布置安排在阁楼的编辑部，以及其他无数繁杂和琐碎的问题和工作。新的人才进来参加，工作繁忙而平静地进行，到了七月初，一切都准备得差不多了。

然而有一个问题却使我不安着，那便是我们当时的总编辑，是已聘定了樊仲云。那个时候，他是在蔚蓝书局当编辑，而这书局的败北主义和投降倾向，是一天天地更明显起来。一张抗战的报怎样能容一个有这样倾向的总编辑呢？再说，他在工作上所表现的又是那样庸弱无能。我不安着，但是我们大家都不便说出来，然而，有一天，胡好先生却笑嘻嘻地走进编辑部来，突然对我们宣说：樊仲云已被我开除了。胡好先生是有先见的，第二年，他便跟汪逆到南京去做所谓"和平救国运动"了。

那个副刊定名为《星座》，取义无非是希望它如一系列灿烂的明星，在南天上照耀着，或是说像《星岛日报》的一间茶座，可以让各位作者发表一点意见而已。稿子方面一点也没有困难，文友们从四面八方寄了稿子来，而流亡在香港的作家们，也不断地给供稿件，我们竟可以说，没有一位知名的作家是没有在《星座》里写过文章的。在编排方面，我们第一个采用了文题上的装饰插图和名家的木刻、漫画等（这个传统至今保持着）。

这个以崭新的姿态出现的报纸，无疑地获得了意外的成功。当然，胡文虎先生的号召力以及报馆各部分的紧密的合作，便是这成功的主因。我不能忘记，在八月二日胡好先生走进编辑部来时的那一片得意的微笑或热烈的握手。

从此以后，我的工作是专对着《星座》副刊了。

然而《星座》也并不是如所预期那样顺利进行的。给与我最大最多的麻烦的，是当时的检查制度。现在，我们是不会有这种麻烦了，这是可庆贺的！可是在当时种种你想象不到的噜苏，都会随时发生。似乎《星座》是当时检查的唯一的目标。在当时，报纸上是不准用"敌"字的，"日寇"更不用说了。在《星座》上，我虽则竭力避免，但总不能躲过检查官的笔削。有时是几个字，有时是一两节，有时甚至全篇。而我们的"违禁"的范围又越来越广。在这个制度之下，《星座》不得不牺牲了不少很出色的稿子。我当时不得不索性在《星座》上"开天窗"一次，表示我们的抗议。后来也办不到了，因为检查官不容我们"开天窗"了。这种麻烦，一直维持到我编《星座》的最后一天。三年的日常工作便是和检查官的"冷战"。

这样，三年不知不觉的过去了。接着，有一天，一九四一年十二月七日的清晨，太平洋战争爆发起来了。虽则我的工作是在下午开始的，这天我却例外在早晨到了报馆。战争的消息是证实了，报馆里是乱哄哄的。敌人开始轰炸了。当天的决定，《星座》改变成战时特刊，虽则只出了一天，但是我却庆幸着，从此可以对敌人直呼其名，而且可以加以种种我们可以形容他的形容词了。

第二天夜间，我带着棉被从薄扶林道步行到报馆来，我的任务已不再是副刊的编辑，而是□□（原稿字迹不清）了。因为炮火的关系，有的同事已不能到馆，在人手少的时候，不能不什么都做了。从此以后，我便白天冒着炮火到中环去探听消息，夜间在馆中译电。在紧张的生活中，我忘记了家，有时竟忘记了饥饿。接着炮火越来越紧，接着电也没有了。报纸缩到不能再小的大小，而新闻的来源也差不多断绝了。然而大家都还不断地工作着，没有绝望。

接着，我记得是香港投降前三天吧，报馆的四周已被炮火所包围，报纸实在不能出下去了。消息越来越坏，馆方已准备把报纸停刊了。同事们都充满了悲壮的情绪，互相望着，眼睛里含着眼泪，然后静静地走开去。然而，这时候却传来了一个欺人的好消息，那便是中国军队已打到新界了。

消息到来的时候，在报馆的只有我和周新兄。我们想这消息是不可靠的，但是我们总得将它发表出去。然而，排字房的工友散了，我们没有将它发出去的方法。可是我们应该尽我们最后一天的责任。于是，找到了一张白报纸，我们用红墨水尽量大的写着"确息：我军已开到新界，日寇望风披靡，本港可保无虞"，把它张贴到报馆门口去。然后两人沉默地离开了这报馆。

我永远记忆着这离开报馆时的那种悲惨的景象，它和现在的兴隆的景象是呈着一个明显的对比。

小说与自然

　　用自然景物来作小说的背景，是否用得其法，则要看作家自己的心境和手法如何而定。有时必须把自然景物引入作品里才成，有时则完全省去也不要紧。

　　例如女作家贞奥斯丁的小说便完全不用自然景物来做背景，她所描写的只有人而已。

　　汤姆斯·哈代的小说虽然也用自然景物做背景，可是他所描写的只限于威兹萨克斯附近的风光，不过他却能够把此处的特色玲珑浮突地刻画出来，所以有人叫他的小说做威兹萨克斯小说。他把用来做小说的背景的自然景物，巧妙地借以帮助小说里的人物的活动和事件的发展，因此，哈代的作品几乎不能跟自然分开来了。

　　史蒂文生也是一个在小说里侧重利用自然景物的作家。在他笔下刻画出来的那些背景，无不像一幅绘画一样的显得鲜明而美丽，而且他所写的自然动的地方比静的地方多，所以能引起读者一种深刻的兴趣。如风怎样吹的样子，又如雨怎样下的光景，都是他最拿手的描写地方。况复他的观察力非常敏锐，又微带点神经质气味，无论如何细微的地方也不肯放过，所以其感动人的力量就能沁人心脾。我们读史蒂文生的小说时，透过那些自然景物的描写便可以看出他的泼辣的才气，以及辨别好坏美丑的锐利眼光。

康拉特的小说，其爱好描写自然景物实在比其他作家更深一层。不过他多用大海来做小说的背景，大概这是因为受了少时航海日夕亲炙海上风光的影响吧？他所描写的船上火灾，沉船遇难，航行海上，暴风浪都能以一种独特的笔致细腻写出，刻画入微。然而这种写法虽然能在作品上多少加添些色彩，但是由于过分侧重自然活动的描写，就不免流露出一种主客倒置的不好现象。

梅利迪斯写恋爱小说时是运用富有诗意的风景来做背景。他的写法虽然写得非常曲折，但反而能够把自然感人最深的色与香的微妙处衬托出来，所以完全跟恋爱故事的小说背景铢两悉称。而且他常常把普通物象描写成比普通更强烈、更浓厚，自然而然会予人一种深刻的印象。

这样说来，贞奥斯丁是完全不靠自然景物依然可以写出好作品，反之，康拉特却因太过侧重自然景物，作品的主意就不免被做背景的自然描写破坏掉。其余三人哈代、史蒂文生、梅利迪斯却走的是中间路线，他们不特把自然弄成小说的适当而调和的背景，而且还能借助自然景物加强了作品的主意。因此，我们不能一口断定描写自然是好是坏，却应该考虑到其时，其地，其事是否宜于利用自然而已。

航海日记

一九三二年十月八日，戴望舒乘达特安号邮船赴法游学，海上航行一个月，十一月八日到达法国。

一九三二年十月八日

今天终于要走了。早上六点钟就醒来。绛年很伤心。我们互相要说的话实在太多了，但是结果除了互相安慰之外，竟没有说了什么话。我真想哭一回。

从振华到码头。送行者有施老伯，蛰存，杜衡，时英，秋原夫妇，呐鸥，王，瑛姊，荑，及绛年。父亲和荑没有上船来。我们在船上请王替我们摄影。

最难堪的时候是船快开的时候。绛年哭了。我在船舷上，丢下了一张字条去，说："绛，不要哭。"那张字条随风落到江里去，绛年赶上去已来不及了。看见她这样奔跑着的时候，我几乎忍不住我的眼泪了。船开了。我回到舱里。在船掉好了头开出去的时候，我又跑到甲板上去，想不到送行的人还在那里，我又看见了一次绛年，一直到看不见她的红绒衫和白手帕的时候才回舱。

房舱是第327号，同舱三人，都是学生。周焕南方大学，赵沛霖中法大学，刁士衡燕大研究院。

饭菜并不好，但是有酒，而且够吃，那就是了。

饭后把绛年给我的项圈戴上了。这算是我的心愿的证物：永远爱她，永远系念着她。

躺在舱里，一个人寂寞极了。以前，我是想到法国去三四年的。昨天，我已答应绛年最多去两年了。现在，我真懊悔有到法国去那种痴念头了。为了什么呢，远远地离开了所爱的人。如果可能的话，我真想回去了。常常在所爱的人，父母，好友身边活一世的人，可不是最幸福的人吗？

吃点心前睡着了一会儿，这几天真累极了。

今天有一件使人生气的事，便是被码头的流氓骗去了100法郎。

一九三二年十月九日

上午在甲板上晒太阳，看海水，和同船人谈话。同船的中国人竟没有一个人能说得上法语的。下午译了一点Ayala，又到甲板上去，度寂寞的时候。晚间隔壁舱中一个商人何华携Port wine来共饮，和同舱人闲谈到十点多才睡。

一九三二年十月十日

照常是单调的生活。译了一点儿Ayala。下午写信给绛年，家，蛰存，瑛姊，因为明天可以到香港了。

晚上睡得很迟，因为想看看香港的夜景，但是只看见黑茫茫的海。

一九三二年十月十一日

船在早晨六时许到香港,靠在香港对面的九龙码头。第一次看见香港。屋子都筑在山上,晨气中远远望去,像是一个魔法师的大堡寨。我们一行十一人上岸登渡头到香港去,把昨天所写的信寄了,然后乘人力车到先施公司去,在先施公司走了一转,什么也没有买,和林、周二人先归。船上饭已吃过,交涉也无效,和林、周三人饮酒嚼饼干果腹。醉饱之后,独自上码头在九龙车站附近散步。遇见到里昂去的卓君,招待他上船,又请他给我买了一张帆布床。以后呢,上船到甲板上走走,在舱里坐坐而已。

船下午六时开,上船的人很多。有一广东少女很Charming,是到西贡去的。她说在上海住过四年,能说几句法文,又说她舱中只她一人(她的舱就在我们隔壁)。我看她有点不稳,大约不是娼妓就是舞女。

船开后便有风浪,同舱的赵沛霖大吐特吐,只得跑出来。洗了一个澡就到甲板上去闲坐。一直坐到十点多才睡。

一九三二年十月十二日

下午,那Cantanaise来闲谈了。她要打电报,我给她把电报译成了号码陪她去打,可是她要拍电去的堤南是没有电报局的,只得回下来。她要我到西贡时送她上汽车,我也答应了。她姓陈名若兰。在她舱里看她的时候,她穿着一件Pyjama,颈上挂着一条白金项链,真是可爱。四点钟光景,她迁住二等25号去。

夜晚前后,那Cantanaise在三等舱中造成一个Sensation,一个广东青年来找我,问我她是否(是)我们Sister,Louis Rolle则向我断定她是一个娼妓，一次二元就够了；一个安南少年来对我说，他常在香港歌台舞榭间看见她，大约不是正经人，而且她还没有护照。同舟中国人常向我开玩笑，好像我已和她有了什么关系似的。真是岂有此理。

临睡之前到甲板上去散步，碰到我们对面舱中的那个法国军官。他从上海到香港包了一个法国娼妓（洋五十元也）。那娼妓在香港下去了。他似乎性欲发得忍不住了，问我有没有法子couder avec那几个公使小姐。我对他说那是公使小姐，花钱也没有办法的，他却说on peut trouver le moijer tont de maine。小姐们没有男子陪着旅行，我想，真是危险。这三位小姐不知道会不会吃亏呢。

Ayala还没有译下去，因为饭堂里又热又闷，简直坐不住。真令人心焦。

一九三二年十月十三日

那广东少年姓邓，他今日来找了我好多次，要我陪着他去看陈若兰，大约他看出自己信用不好，找我去做幌子。我陪他去了两次。譬如那Cantanaise已有丈夫了。我想她大概是一个外室吧。她要到堤岸去。堤岸叫做Cholon，故昨日电报没有打通，那广东少年很热心，让他去送她吧。

一九三二年十月十四日

起来写信给绛年，蛰存，家。午时便到西贡了。乘船人凑起钱来，请我做总办去玩。验护照后即下船，步行至jardin

botanigue去，看了一回，乘洋车返船，真累极了。吃过点心后，和同船人到marche去玩，一点也没意思。在归途中遇见那广东少年。他把通信处告诉我，并约我六时去。他的通讯处是Photo Ideal，74，Boulevard Bonvard。

吃过午饭，即乘车去找他。和他及Photo Ideal的老板Nhu一同出去。他们还未吃饭，遂先上饭馆。饭后，即到旅馆中去转了一转，我和Nhu则在街上等他。Nhu对我说，邓的父亲稍有几个钱，所以他只是游浪，不务正业，他们是在巴黎认识的，白相朋友而已。邓出来后，我们决定去跳舞，但因时间太早，故先到咖啡店中去坐了一回。十点多钟，跟他们出发去找舞伴，因为西贡是没有舞伴的。我们乘车到了一家安南人的家里。那人家只有三个女人在那里，据说男人已出门做生意了。安南人家的布置很特别，我们所去的一家已经有点欧化了。等那三位安南小姐梳妆好之后，便一同乘车至Dancing Majestic。那是西贡最上等的舞场，进去要出门票。音乐很好，又有歌舞女歌舞，感觉尚不坏。可是我很累，很少跳。到二点多钟，始返。他们要我住到那三位小姐家里去，我没有去。那三位安南小姐的名字是Alice Tniu，Jeanne Duong，Le Hong，舞艺以Alice为最佳。

一九三二年十月十五日

起身后和同船人一同出去，预备到Cholon去玩，我先去兑钱，中途失散了，找他们不着，便一个人在路上闲逛。寄了信，喝了一瓶啤酒，即回船。他们都在船中了。他们与车夫闹了起来，不会说话，不认识路，只得回来。午饭后，再与他们一同出发到Cholon去。先到marché，乘电车往。Cholon是广东人群住之处。我们在那儿逛了一回之后，到一家叫太湖楼的酒家喝茶，听歌，吃点心。返西贡后，至Photo Ideal去了一趟，辞了邓的约会。到marché去买一顶白遮阳帽，天忽大雨，等雨停了才乘车返舟。

西贡天气很热，又常下雨，真糟糕。第一次饮椰子浆。

一九三二年十月十六日

一直睡到吃午饭的时候。午饭后，在船上走来走去，而已。

夜饭后和林华上岸去喝啤酒，回来即睡。船就要在明晨四时开了。

一九三二年十月十七日

起来时船已在大海中航行了。一种莫名其妙的悲哀捉住了我。我真多么想着家，想着绛年啊。带来的牛肉干已经坏了，只好丢在海里。绛年给我的Sunkist幸亏吃得快，然而已经烂了两个了。

今天整天为乡愁所困，什么事也没有做。

下午起了风浪，同舱中人，除我以外，都晕了。

在西贡花了许多钱，想想真不该。以后当节省。

一九三二年十月十八日

下午译了一点Ayala。四点半举行救生演习，不过带上救命筏到甲板上去点了一次名而已。吃过晚饭后又苦苦地想着绛年，开船时的那种景象又来到我眼前了。

明天就要到新加坡，把给绛年，蛰存，家，瑛姊的信都写好了。

一九三二年十月十九日

上午九时光景到了新加坡，船靠岸的时候有许多本地土人操着小舟来讨钱，如果我们把钱丢下水去，他们就跃入水中去拿起来，百不失一。其中一老人技尤精，他能一边吸雪茄，一边跳入水去。上岸后里昂大学的学生们都乘车去逛了。我和林二人步行去寄信，在马路上走了一圈，喝了两瓶桔子汁，买了一份报回来。觉得新加坡比西贡干净得多。

在码头上买了一粒月光石，预备送给绛年。

船在下午三时启碇，据说明天可以到槟榔。

在香港换的美国现洋大上当，只值二十法郎，有的地方竟还不要，而钞票却值到二十五法郎以上。

同舱的刁士衡对我说，他燕大的同学戴维清已把蛰存的《鸠摩罗什》译成英文，预备到美国去发表。

一九三二年十月二十日

船在下午八时抵槟榔（Penang）。上岸后，与同舱人雇一汽车先在大街上巡游，继乃赴中国庙，沿途棕林高耸，热带之星灿然，风景绝佳，至则庙门已闭，且无灯火，听泉声蛙鸣，废然而返。至春满楼，乃下车。春满楼也，槟城之大世界也。吾侪购票入，有土戏，有广东戏，并亦有京戏。我侪巡绕一周并饮桔子水少许后，即出门，绕大街，游新公市（所谓新公市者，赌场而已），市水果，步行返舟。每人所费者仅七法郎。

一九三二年十月二十一日

睡时船已开，盖在今晨六时启碇者也。

译了点Ayala，余时闲坐闲谈而已。

一九三二年十月二十二日

寂寞得要哭出来，整天发呆而已。

一九三二年十月二十三日

Nostalgie， nostalgie！

一九三二年十月二十四日

上午译了一点儿Ayala。下午船中报告，云有飓风将至，将窗户都关上了，闷得要命。实际上却一点儿风浪都没有。睡得很早，因为明天一早就要到Colombo了。

一九三二年十月二十五日

吃过早饭后，船已进Colombo的港口。去验了护照，匆匆地把给绛年和家里的信写好了，然后上岸去。因为船是泊在港中而不靠岸，而公司的船又已开了，乃以五法郎雇汽船到岸上去。在岸上遇到了同船的诸人，和他们同雇了汽车在Colombo各地巡游，到的地方有维多利亚公园，佛教庙（庙中神像雕得很好，惜已欧化了，我们进去的时候须脱鞋），Zoo，Museum，无非走马看花而已。回来时寄三信，已不及到船上吃饭，就在埠头上一家Restaurant中吃了。饭后在大街中走了一会儿，独自去喝啤酒。回船休息了一会儿，又到岸上去闲逛，独吃了一个椰子浆，走了一圈，才回船。船在九时开。

一九三二年十月二十六日——三十日

五天以来没有什么可记的，度着寂寞的时光罢了。印度洋上本来是多风浪的，这次却十分平静，正像航行在内河中一样。海上除大海一望无际外，什么也看不见，只偶然有几点飞鱼和像飞鱼似的海燕绕着船飞翔而已。

一九三二年十月三十一日

昨夜肚疼，今晨已愈，以后饮食当要小心。

下午四时船中有跑马会，掷升官图一类的玩艺儿而已。

晚饭后，看眉月，看繁星，看银河。写信给绛年，蛰存，家。

明天可以到Djibouti了。

在船中理发。

一九三二年十一月一日

上午十一时到吉布堤。船并不靠码头。我们吃了中饭后，乘小船（每人二franc）登岸。从码头走到邮政局，寄了信，即在路上闲走。吉布堤是我们沿路见到的最坏的地方。天气热极，房屋都好像已坍败，路上积着泥，除了跟住我们不肯走的土人外，简直见不到人。我们到土人住的地方去走了一走，被臭气熏了回来，那里脏极了，人兽杂处，而土人满不在乎。有一土人说要领我们去看黑女裸舞，因路远未去，即返舟。

下午四时，船即启碇。

夜间九时船中有跳舞会，我很累，未去。

一九三二年十一月二日

天气很热，不敢做事，整天在甲板上。

一九三二年十一月三日

晚上船中开化装舞会，我也去参加，觉得很无兴趣，只舞了一次，很早就回来睡了。

一九三二年十一月四日

下午船上有抽签得彩之戏，去看看而已。

一九三二年十一月五日

七时抵Suez，船并不靠岸，上岸去的人简直可以说一个也没有。有许多小贩来卖土货，还有照照片的。我买了一顶土耳其帽，就戴了这帽子照了一张照片。

船在二时许赴Port Said，在Suez运河中徐徐航行，两岸漠漠黄沙，弥望无限。上午所写的给绛年，家的信，是在船中发的。

一九三二年十一月六日

上午五时许醒来，船已到Port Said了。七时起身吃了点心就乘小汽船上岸（13franc），因为船还是不靠岸。

波塞是一个小地方，但却很热闹，我们上岸后就在大街上东走西看，觉得这地方除了春画可以公开卖和人口混乱外，毫无一点特点。我们在街上足足走了三小时。在书店中买了一册Vn回来。吃了中饭后到甲板上去看小贩售物，买了两包埃及烟。

船在四时三刻启碇入地中海。

天气突然凉起来，大家都换夹衣了。

一九三二年十一月七日

今日微有风浪，下午想译Ayala，因头晕未果。

睡得很早。

一九三二年十一月八日

依然整天没有事做。晚饭后拟好了电报稿，准备到巴黎时发。

林泉居日记

这是戴望舒的一本日记，直行，毛笔书写，内封有"第三本"字样，无年份，记七、八、九三个月的事。从日记内容来看，当是一九四一年。

七月二十九日　晴

丽娟又给了我一个快乐：我今天又收到了她的一封信。她告诉我她收到我送她的生日蛋糕很高兴，朵朵也很快乐，一起点蜡烛吃蛋糕。我想象中看到了这一幕，而我也感到快乐了。信上其余的事，我大概已从陈松那儿知道了。

今天徐迟请他的朋友，来了许多人，把头都闹胀了。自然，什么事也没有做成。上午又向秋原预支了百元。是秋原垫出来的。

三十日　晴

上午龙龙来读法文。下午出去替丽娟买了一件衣料，价八元七角，预备放在衣箱中寄给她。又买了一本英文字典、五枝笔，也是给丽娟的。又买了两部西班牙文法，价六元，是预备给胡好读西班牙文用的。不知会不会偷鸡不着蚀把米？到报馆里去的时

165

候，就把书送了给胡好，并约定自下月开始读。

晚间写信给丽娟，劝她搬到前楼去，不知她肯听否？明天可以领薪水，可以把她八月份的钱汇出，只是汇费高得可怕，前几天已对水拍谈过，叫他设法去免费汇吧。

药吃了也没有多大好处。我知道我的病源是什么。如果丽娟回来了，我会立刻健康的。

三十一日　下午雨

今天是月底，上午到报馆去领薪水，出来后便到兑换店换了六百元国币。五百元是给丽娟八月份用，一百元是还瑛姊的。中午水拍来吃饭，便把五百元交给他，因为他汇可以不出汇费。但是他对我说，现在行员汇款是有限制的，是否能汇出五百元还不知道，但也许可以托同事的名义去汇，现在去试试看，如果不能全汇，则把余数交给我。

今天是报馆上海人聚餐的日子，约好先到九龙城一个尼庵去游泳，然后到侯王庙对面去吃饭。午饭后就带了游泳具到报馆去，等人齐了一同去。可是天忽然大雨起来，下个不停，于是决定不去游泳了。五时雨霁，便会同出发，渡海到九龙，乘车赴侯王庙，可是一下公共汽车，天又下雨了。没有法子，只好冒雨走到侯王庙，弄得浑身都湿了。菜还不错，吃完已八时许，雨也停了。出来到深水埔吃雪糕，然后步行到深水埔码头回香港。在等船的时候，灵凤和光宇为了漫画协会的事口角起来，连周新也牵了进去，弄得大家都不开心。正宇和我为他们解劝。到了香港后，又和光宇弟兄和灵凤等四人在一家小店里饮冰，总算把一场误会说明白了。返家即睡。

八月一日　晴

早上报上看见香港政府冻结华人资金，并禁止汇款，看了急得不得了。不知丽娟的钱可以汇得出否？急急跑到水拍处去问，可是他却不在，再跑到上海银行去问，停止汇款是否事实，上海汇款通否？银行却说暂时不收。这使我急得像热锅上的蚂蚁，真不知道怎样才好。回来想想，这种办法大概是行不通的，上海有多少人是靠着香港的汇款的，过几天一定有改变的办法出来。心也就放了下来。

下午到中华百货公司买了一套玩具，是一套小型的咖啡具，价三元九角五，预备装在箱中寄到上海去。她看见也许会高兴吧。她要我买点好东西给她玩，而我这穷爸爸却买了这点不值钱的东西（一套小火车要六十余元！），想了也感伤起来了。

昨夜又梦见了丽娟一次。不知什么道理，她总是穿着染血的新娘衣的。这是我的血，丽娟，把这件衣服脱下来吧！

八月二日　晴　晚间雨

早晨又到中国银行去找袁水拍。他说，一般的个人汇款，现在已可以汇了，可是数目很小，每月一千五百元国币，商业汇款还不汇，我交给他的五百元还没有汇出，大概至多汇出一部分。再过一两月给我回音。托人家办事，只好听人家说，催也没用。出来后到上海银行，再去问一问汇款的事。行中人说的话和水拍一样，可是汇费却高得惊人，每国币百元须汇费港币四元九角，即合国币三十余元。还只是平汇，这样说来，五百元的汇费就须一百五十一元，电汇就须一百八十元了，这如何是好！接着就叫旅行社到家中取箱子，可是他们却回答我说，现在箱子已不收了。这是什么道理呢？我说，你们大概弄错了吧，前几星期我也来问过，你们说可以寄的。他们却回答说，从前是可以的，现在却不收了。真是糟糕，什么都碰鼻子，闷然而返。

下午到邮局时收了丽娟的一封信，使我比较高兴了一点。信中附着一张照片，就是我在陈松那里看到过的那张，我居然也得到一张了！从报馆出来后，就去中华百货公司起了一个漂亮的镜框，放在案头。现在，我床头，墙上，五斗橱上，案头，都有了丽娟和朵朵的照片了。我在照片的包围之中过度想象的幸福生活。幸福吗？我真不知道这是幸福还是苦痛！

一件事忘记了，从中国银行出来后，我到秋原处去转了转，因为他昨天叫徐迟带条子来叫我去一次，说有事和我谈。事情是这样的：天主堂需要一个临时的改稿子的人，略有报酬，他便介绍了我。我自然答应了下来，多点收入也好。事情说完了之后……就走了出来。

三日　雨

上午到天主堂去找师神父，从他那儿取了两部要改的稿子来。报酬是以字数计的，但不知如何算法，也不好意思问。晚间写信给丽娟，告诉她汇款的困难问题，以及箱子不能寄，关于汇款，我向她提出了一个办法，就是叫她每两月到香港来取款一次。但我想她一定不愿意，她一定以为我想骗她到香港来。

四日　晴

陆志庠对我说想吃酒，便约他今晚到家里来对酌。这几天，我感到难堪的苦闷，也可以借酒来排遣一下。下午六时买了酒和罐头食品回来，陆志庠已在家等着了。接着就喝将起来。两人差不多把一大瓶五加皮喝完，他醉了，由徐迟送他回去。我仍旧很清醒，但却止不住自己的感情，大哭了一场，把一件衬衫也揩湿了。陈松阿四以为我真醉了，这倒也好，否则倒不好意思。

徐迟从水拍那里带了三百元来还我，说没有法子汇，其余的二百元呢，他无论如何给我汇出。这三百元如何办呢？到上海银行去，我身边的钱不够汇费。没有办法的时候，到十一二号领到稿费时电汇吧，汇费纵然大也只得硬着头皮汇了！

今天下午二时许，许地山突然去世了。他的身体是一向很好的，我前几天也还在路上碰到他，真是想不到！听说是心脏病，连医生也来不及请。这样死倒也好，比我活着受人世最大的苦好得多了。我那包小小的药还静静地藏着，恐怕总有那一天吧。

八月五日　晴

上午又写了一封信给丽娟，又把六七两月的日记寄了给她。我本来是想留着在几年之后才给她看的，但是想想这也许能帮助她使她更了解我一点，所以就寄了给她，不知她看了作何感想。两个月的生活思想等等，大致都记在那儿了，我是什么也不瞒她的，我为什么不使她知道我每日的生活呢？

中午许地山大殓，到他家里去吊唁了一次。大家都显着悲哀的神情，也为之不欢。世界上的人真奇怪，都以为死是可悲的，却不知生也许更为可悲。我从死里出来，我现在生着，唯有我对于这两者能作一个比较。

六日　晴

前些日子，胡好交了一本稿子给我，要我给他改。这是一个名叫白虹的舞女写的，写她如何出来当舞女的事。我不感兴趣，也没有工夫改，因此搁下来了。后来徐迟拿去看，说很好，又去给水拍看，也说好。今天他们二人联名写了一封信，要我交给胡好，转给那舞女，想找她谈谈。这真是怪事了。但我知道他们并不是对女人发生兴趣，他们是想知道她的生活，目的是为了写文章。我把信交给胡好，胡好说，那舞女已到重庆去了。这可使徐迟他们要失望了吧。

好几天没有收到丽娟的信了。又苦苦地想起她来，今夜又要失眠了。

七日　晴

昨天龙龙来读法文的时候对我说，她父亲说，大夏大学决定搬到香港来（一部分），要请我教国文。所以今天吃过饭之后。我便去找周尚，问问他到底如何情形。他说，大夏在香港先只开一班，大学一年级，没有法文，所以要请我教国文。可是薪水也不多，是按钟点计算的，每小时二元，每星期五小时，这就是说每月只有四十元，而且还要改卷子。这样看来，这个事情也没有什么好，我是否接受还不能一定，等将来再看吧。

今天阴历是闰六月十五，后天是丽娟再度生日，应该再打一个电报去祝贺她。

八日　晴

吃中饭的时候，徐迟带了一个袁水拍的条子来，说二百元还不能汇，但是他在上海有一点存款，可以划二百元给丽娟，他一面已写信给他在上海的朋友，一面叫我写信告诉丽娟。我收到条子后，就立刻写信给丽娟，告诉她取款的办法。

饭后去寄信的时候，使我意外高兴的，是收到了一封丽娟的信，告诉我她已搬到了中一村，朵朵生病，时彦生活改变，又叫我买二张马票。真是使人不安。朵朵到了上海后常常生病，而她在香港时却是十分康健的。我想还是让朵朵住到香港来好吧。时彦也很使我担忧。穆家的希望是寄在他身上，而现在他却像丽娟所说的"要变第二个时英了"！这十年之中，穆家这个好好的家庭会变成这个样子，真是使人意想不到的。财产上的窘急倒还是小事，名誉上的损失却更巨大。后一代的人，几乎没有一个例外，都过着向下的生活，先是时英时杰，现在是丽娟时彦，这难道是命运吗？岳母在世发神经时所说"鬼寻着"的话，也许不是无因的……关于时彦，我想一方面是环境的不好，另一方面丽娟的事也是使他受了刺激的。在上海的时候，我就看见他为了丽娟的事而失眠。他想想一切都弄得这样了，好好做人的勇气自然也失去了。

但愿时彦和丽娟两个人都回头吧！他们是穆家唯一有点希望的人！

现在已二时，今天恐怕又要睡不好了。

九日　晴

早上九点钟光景，徐迟来叫醒了我说陈松昨夜失窃了！她把一共五十元光景的钱分放在两个皮匣里，藏在抽斗中，可是忘记把抽斗锁上了。偷儿从窗中爬进来，把这钱取了去。时候一定是在半夜四时许，因为我在三时还没有睡着。后来沈仲章上来说，贼的确是四点钟光景来的。他听见狗叫声，马师奶也听见狗叫声而起来，看见一个人影子闪过。奇怪的是贼胆子竟如此大，奇怪的是徐迟夫妇会睡得这样熟，奇怪的是我住到这里那样长又没有失窃过，而陈松来了不久就被窃了。这也是命运吧。陈松很懊丧，因为她所有的钱都在那里了。徐迟去报了差馆。差馆派了人来问了一下。可是这钱是没有找回来的希望了。

今天打了一个贺电给丽娟，贺她今年再度的生日。

晚间马师奶请吃夜饭，有散缪尔等人。马师奶说，巴尔富约我们明天到他家里去吃茶。我又有好久没有看见他了，可是实在怕走那条山路。

十日　晴

今天是星期日，上午到报馆里去办了公，下午便空出来了。吃过午饭之后，我提议到浅水湾去游泳，因为陈松自从失了钱以来，整天愁着，这样可以忘掉。于是大家决意先到浅水湾，然后到巴尔富家去吃点心。决定了便立即动身到油麻地坐公共汽车去。在公共汽车上遇到了许多人，乔木，夏衍等等，他们也是去游泳的，便一起出发。浅水湾的水还是很脏，水面上满是树枝和树叶，可是我们仍然在那里玩了长久，因为熟人多的原故，连时光的过去也不觉得了。出水后已五时许，坐了一下后，即动身到巴尔富家去。

在走上山坡的时候，我忽然想起丽娟和朵朵来，去年或是前年的有一天下午，我们一同踏着这条路走上去过，其情景正像现在的徐迟夫妇和徐律一样。但是这幸福的时候离开我已那么远那么远了！在走上这山坡的时候，丽娟，你知道我是带着怎样的惆怅想着你啊！到了山顶的时候，巴尔富和马师奶已等了我们长久了，于是围坐下来饮茶吃点心，并随便闲谈，一直谈到天快晚的时候才下山来。下山来却坐不到公共汽车，每辆车子都是客满，没办法了，只好拔脚走，一直走到快到香港仔的时候，才拦到了一辆巴士，坐着回来。匆匆吃了夜饭就上床，因为实在疲倦极了。

十一日　晴

上午到报馆去领稿费，出来随即把丽娟的三百元交上海银行汇出去，恐怕她又等得很急了吧。汇费是十七元七角四分港币，真是太大了，上次汇五百元的时候，我觉得十七元余的汇费已太大，不料这次汇三百元都要十七元余。如果再加，如何能负担呢？

银行里出来后，又到跑马会去买了三张马票，两张是要寄给丽娟的，一张留着给自己。希望中奖吧！

上午屠金曾对我说，上海同人今天下午到丽池去游泳，叫我也去，所以下午也到报馆去，可是光宇、灵凤等又不想去了。屠氏兄弟周新等以为他们失信，心中不太高兴，便仍旧拉着我去。

在丽池游了三小时光景，我觉得已比从前游得进步一点了。在那里吃了点心回来。

十二日　晴

上午写信给丽娟，并把两张马票附寄给她。在信中，我把我收到她的信的那一天的思想告诉了她。……这个天真的人，我希望她一生都在天真之中！我要永远偏护她，不让她沾了恶名。她不了解我也好，我总照着我自己做，我深信是唯一能爱她而了解她，唯一为她的幸福打算的人，等她年纪再大一点的时候，等她从迷梦中清醒过来的时候，她总有一天会知道我的。

身边还余五十余元，交了三十五元给阿四，叫她明天把丽娟去沪时的当赎出来。

十三日　晴

早上阿四把丽娟所典质的东西取了回来，一个翡翠佩针，一个美金和朵朵的一个戒指。见物思人，我又坠入梦想中了。这两个我一生最宝爱的人，我什么时候能够再看见她们啊！在想到无可奈何的时候，我的心总感到像被抓一样地收紧起来。想她们而不能看见她们，拥她们在怀里，这是多么痛苦的事啊！我总得设法到上海去看她们一次，就是冒什么大的危险也是甘愿的！现在还有什么东西使我害怕呢？死亡也经过了，比死更难受的生活也天天过着。我一定得设法去看她们。

晚间到文化协会去讲小说研究，因为是七点半开始的，所以没有吃饭，九时许回家的时候，袁水拍在这里，便和他以及徐迟夫妇到大公司去，他们吃茶我吃饭，回来不久就睡。

十四日　晴

徐迟这人真莫名其妙，对陈松一会儿好，一会儿坏，对朋友也是这样。现在，他自己觉得是前进了，脾气也越来越古怪了。我看到他一张纸，写着说，以后要只和"朋友"来往，即日设法搬到朋友附近去住。所谓"朋友"是指那些所谓"前进"的人，即夏衍，郁风，乔木，水拍等。如果他要搬，我也决不留他，反正他们住在这里我也便宜不了多少。他们管饭以来，菜总是不够吃的。丽娟，你什么时候能够回来啊！

饭间复陆侃如夫妇和吴晓铃的信，又把他们在《俗文学》的稿费寄给他们。

十五日　晴

上午到邮政局去，出于意外地，收到了丽娟在本月七日所发的信。我以前写信请她搬到前楼去，她回信却说宁可省一点钱，将就住在亭子间里。其实这点钱何必省呢？也许因住得不好而生病，反而多花钱。再说，我已答应多的房钱由我来出的。她说她身体不好，轻了六磅，这也是使我不安心的，我真希望她能回到香港来，让我可以好好地服侍她，为她调理。她劝我不要到上海去，看看照片也是一样。唉，哪里能够一样！信上有一句话使我很以为惊喜，即就是她说"也许我过了几天已在香港也说不定"。也许真会有这样的事吧！于是我想到她没有入口证，上海也不能领，就是要来也来不成的，于是在抽斗里找出了她的两张照片，饭后去讨了领证纸，填好了又去找胡好作保，然后送到旅行社请他们去代领。这次是领的两年的，七元，这样可以用得时间长一点。旅行社说现在领证颇多困难，能否领得犹未可知。出来的时候，颇有点担心，可是总不至于会有什么大困难吧。

出了旅行社又回报馆去，因为今天是十五，是报馆上海同人茶叙的日子。今天约在丽池，既可以饮茶，又可以游泳。发好稿子后，便和他们一同出发去。游泳的仅有周新屠金曾糜文焕和我四人，其余的都坐着吃茶点看看。在那里玩了三时光景，然后回家来。今日领薪。

十六日　晴

昨天收到了丽娟那封信，高兴了一整天，今天也还是高兴着。丽娟到底是一个有一颗那么好的心的人。在她的信上，她是那么体贴我，她处处都为我着想，谁说她不是爱着我呢？一切都是我自己不好，都是我以前没有充分地爱她——或不如说没有把我对于她的爱充分地表示出来。也许她的一切行为都是对我的试验，试验我是否真爱她，而当她认为我的确是如我向她表示的那样，她就会回来了（但是我所表示的只是小小的一部分罢了，我对于她感情深到怎样一种程度，是怎样也不能完全表示的）。正像她是注定应该幸福的一样。我的将来也一定是幸福的，我只要耐心一点等着就是了。这样，我为什么常常要想起那种暗黑的思想呢？这样，在我毁灭自己的时候，我不是犯了大错误吗？我为什么要藏着那包药？这样一想，我对于那包药感到了恐怖，好像它会跳进我口中来似的，我好像我会在糊涂时吞下它去似的。这样，我立刻把这包小小的东西投在便桶中，把它消灭了，好像消灭了一个要陷害我的人一样。而这样心理十分舒泰起来。是的，我将是幸福的，我只要等着就是了。

心里虽则高，却又想起丽娟在上海一定很寂寞。我怎样能解她的寂寞呢？叫别人去陪她玩，总要看别人的高兴。周黎庵处我已写了好几封信去，瑛姊、陈慧华等处也曾写了信去，不知她们会不会常常去找找她，以解她的寂寞呢？咳，只要我能在上海就好了。

十七日　晴

晚间写信复丽娟，并把赎当等事告诉她。她来信要我写信给周黎庵，要他教书，所以我又写了一封信给黎庵。不过报酬如何算呢？我们已麻烦他的太多了，这次不能再去花他许多时间。可是信上也不能如何说，还是让丽娟自己去探听他一声吧。

我平常总是五点钟回家后就工作着的，每逢星期六、日，徐迟夫妇要出去的时候，我总感到一种无名的寂寞之感。今天又是星期日，可是吃完晚饭，天忽然下起雨来。这样，徐迟夫妇不出去了，我也能安心地工作写信了。

今天去付了房租。又把母亲的六十元封好了，准备明天去寄。

下午遇见正宇，说翁瑞吾要回上海去。现在忽然想起，给丽娟的衣料等物何不请他带去？他可以交给孙大雨，由丽娟去拿。明日去找他，托托他吧。

十八日　晴

下午带了一包要带到上海去的东西去找翁瑞吾，可是他已经出去了。便把东西留在那儿，并托正宇太太对瑞吾说一声。我想他总答应带的吧。好在东西不多，占不了多少地方。

晚间马师奶请她的三个女学生吃饭，叫沈仲章何迅和我三人做陪客。一个是姓何的，名叫geitunde，两个姓余的，是姊妹，一叫maguatt，一忘掉。三个人话很多，说个不停，一直说到十一点光景才走。姓何的约我们大家在下下星期日到赤柱去钓鱼野宴并游水，她在赤柱有一个游泳棚，可以消磨一整天。

十九日　晴

一吃完中饭就去找翁瑞吾，他正在午睡。醒来后，他对我说，他明天就要去上海了，东西可以代为带去，这使我放了一个心。我请他把东西放在大雨家里，让丽娟去拿。然后道谢而出，回家写信告诉丽娟。

从报馆回来的时候，在邮局中取到一封丽娟的信。那是八月十一日发的，还没有收到我的钱，可是却收到了我的日记。我之寄日记把她看，是为了她可以更充分一点地了解我，不想她反而对我生气了。早知如此，我何必让她看呢？她说她的寂寞我是从来也没有想到过，这其实是不然的。我现在哪一天不想到她，哪一个时辰不想到她。倒是她没有想到我是如何寂寞，如何悲哀。我所去的地方都是因为有事情去的，我哪里有心思玩。就是存心去解解闷也反而更引起想她。而她却不想到我。

她来信说周黎庵已经在教她读书了。这很好。我前天刚写出了给黎庵的信，不知现在报酬如何算法？丽娟信上说，书已上了几天，但她已吃不消了。她是不大有长性的，希望她这次能好好地读吧。

二十日　晴

今天是文化协会上课的日子，我还一点也没有预先预备，一直等下午报馆回来后才临时预备了一下。上课的时候，居然给我敷衍了两小时。上完了课，已九时半，肚子饿得要命，一个人到加拿大去吃了一顿西餐，一瓶啤酒。吃过饭坐三号A，一直坐到摩星岭下车，然后一个人慢慢地蹀回家来。这孤独的散步不但不能给我一点乐趣，反而使我格外苦痛。没有月亮的黑黝黝的天，使我想起了那可怕的梦，想起了许多可怕的事。我想到梁蕙在西贡给日本人杀害了（这是我第一次想起她），想到我睡在墓穴里，想到丽娟穿着染血的嫁衣。……一直到回家后才心定一点。

二十一日　晴

从报馆回来的时候，又收到了一封丽娟的信，告诉我电汇的三百元已收到了，但是水拍划的那二百元却没有提起，我想不久总会收到的吧。

她说她也赞成一月来港取钱一次的办法，但是她却很害怕旅行。她说她也许今年年底或明年年初能到香港来一次。这是多么可喜的消息啊！丽娟，我是多么盼望你到香港来。我哪里会强留你住？虽则我是多么愿意永远和你在一起，但是如果这是你所不愿意，我是一定顺你的意去做的。……这一点你难道到现在也还不明白啊？

她叫我把箱子在八月底九月初带到上海去，可是陶亢德沈仲章现在都不走，托谁带去好呢？小东西倒还可以能转辗托人，这样大的箱子别人哪里肯带呢？

二十二日　晴

下午中国旅行社打电话来，说丽娟的二年入口证已领到了，便即去拿来。

这几天真忙极了，除了天主教的耶稣传，《星座》上的长篇外，还要赶天主堂托我改的稿子，弄得一点空儿也没有，连丽娟的信也没有回，真是要命。今天的日记也只得寥寥几行了。

二十三日　雨

下午灵凤找我吃茶，拿出新总编辑给他的信来给我看。那是一封解职的信，叫他编到本月底，就不必编下去了。陈沧波来时灵凤是最起劲招待的，而且又有潘公展给他在陈沧波面前打招呼的信，想不到竟会拿他来开刀。他要我到胡好那儿去讲，我答应了，立刻就去，可是胡好不在。于是约好明天早晨和光宇一起再去找他。

今天徐迟在漫协开留声机片音乐会，并有朗诵诗。我本来就不想去，刚好马师奶来请吃夜饭，便下楼去了。客人是勃脱兰和山缪儿。谈至十一时，上楼改译稿。睡已二时。

二十四日　阴

叶灵凤昨天约我今天早晨到他家里，会同了光宇一同到报馆里去找胡好，所以我今天很早就起来，谁知到了灵凤家里，灵凤还没有起身，等他以及光宇都起来一起到报馆的时候，已经快十一点钟了。我和光宇先去找胡好。胡好在那里，说到灵凤的事的时候，胡好说陈沧波说灵凤懒，而且常常弄错，所以调他。但是胡好说，他并不是要开除他，只是调编别一栏而已。这是陈沧波和胡好不同之处。这里等到一个答复后，便去告诉灵凤，他也安心了。可是陈沧波的这种行为，却激起了馆中同事的公愤。他的目的，无非是要用私人而已。恐怕他自己也不会长久了吧。

下午很早就回来，发现抽斗被人翻过了。原来是陈松翻的。我问她找什么，她不说，只是叫我走开，让她翻过了再告诉我，我便让她去翻，因为除了梁蕙的那三封信以外，可以算作秘密的东西就没有了。我当时忽然想到，也许她收到了丽娟的信，在查那一包药吧。可是这包药早已在好几天之前丢在便桶里了。等她查完了而一无所获的时候，我盘问了她许久她才说出来，果然是奉命搜查那包药的。我对她说已经丢了，不知道她相信否？她好像是丽娟派来的监督人，好在我事无不可对人言，也没有什么对不起人的地方，随便她怎样去对丽娟说是了。

晚间灵凤请吃饭，没有几样菜，人倒请了十二个，像抢野羹饭似地吃了一顿回来。又赶校天主堂的稿子。

二十五日　雨

午饭后把校好的稿子送到天主堂去，可是出于意外地，只收到了十元的报酬，而我却是花了五个晚上工夫，真是太不值得了。下次一定不干了。

报馆里回来的时候，陈松对我说，想请我教法文。我真不知道她读了法文有什么用处，可是我也不便把这意思说出来。丽娟曾劝我要把脾气改得和气一点，所以我虽则已没有什么时间了，却终于硬着头皮答应下来，而且即日起教她。龙龙每星期要白花我三小时光景，而现在她又每天要白花我半小时，这样下去，我的时间要给人白花完了！陈松相当地笨，发音老教不好，丽娟要比她聪明得多呢。

二十六日　雨

今天感到十分地疲劳，头又胀痛得很，晚饭后写信给丽娟，并把入口证寄给她。现在，我感到剧烈的头痛，连日记也不想多写了。

二十七日　晴

今天头痛已好了一点，但是仍感疲倦。大约是这几天工作的时间太多了吧。为此之故，我上午一点事也没有做，可以得到一点休息。但是实际上这一点点的休息又有什么用呢？

徐迟回来午饭的时候带了一封秋原的信来，附着一张法文的合同。这是全增嘏的一个律师朋友托译的，说愿意出一点报酬。

我想赚一点外快也好，在夜饭后就试着译。可是这东西不容易译，花了许多时间只译了一点点，而头却又痛起来，就决计不去译它，请徐迟带还秋原去。

收到大雨的信，要我代寄一封信给重庆任泰，可是信是分三封寄来的，要等三封齐了之后才可以代他寄出去。

今天又到文化协会去讲了一小时许诗歌。

二十八日　晴

中饭菜不够吃，我饭吃得很少，到报馆办公完毕，肚子饿得厉害，便一个人到美利坚去吃点心，快吃完的时候，报馆的同事贾纳夫跑到我座位上来，原来他在我后面，我起先没有看见。他便和我闲谈起叶灵凤的事来。后来，他忽然对我说，他最近有一个朋友经过香港回上海去，是丽娟的朋友，在我这次到上海去时和我见过，这次本来想来找我，可是因为时间匆促，所以没有来。这真奇怪极了！我在上海除了极熟的朋友外，简直就一个人也没有遇到过。更奇怪的是贾纳夫说这些话时候的态度，吞吞吐吐地好像有什么秘密在里面似的，好像带着一点嘲笑口吻似的。我立刻疑心到，这人也许就是姓×的那个家伙吧。他到内地去鬼混了一次，口称是为了她去吃苦谋自立，可是终于女人包厌了，趣味也没有了，以为家里可以原谅他仍旧给他钱用，便又回到上海去。我猜这一定是他，又不知他在贾纳夫面前夸了什么口，怎样污辱了她的名誉。我便立刻问贾纳夫这人叫什么名字，他又吞吞吐吐了半天，才说是姓梁叫月什么的（显然是临时造出来的）。我说我不认识这个人，也没有见过这个人。他强笑着说，也许你忘记了。这样说着，推说报馆里还有事，他就匆匆地走了。

这真使我生气！……我真不相信这人会真真爱过什么人。这种丑恶习惯中养成的人，这种连读书也读不好的人，这种不习上进单靠祖宗吃饭的人，他有资格爱任何女人吗？他会有诚意爱任何女人吗？他自己所招认的事就是一个明证。他可以对一个女人说，我从前过着荒唐的生活，但是那是因为我没有碰到一个爱我而我又爱她的女人，现在呢，我已找到我灵魂的寄托，我做人也要完全改变了。有经验的女人自然不会相信这种鬼话，但是老实的女人都会受了他的欺骗，心里想：这真是一个多情的人，他一切的荒唐生活都是可以原谅的，第一，因为他没有遇到一个真心爱他的人，其次，他是要改悔成为一个好人，真心地永远地爱着我，而和我过着幸福的生活了。真是多么傻的女人！她不知道这类似的话已对别的女人不知说过多么遍了！如果他那一天吃茶出来碰到的是另一个傻女人，他也就对那另一个傻女人说了！女人真是脆弱易欺的。几句温柔的话，一点虚爱的表示，一点陪买东西的耐心，几套小戏法，几元请客送礼的钱，几句对于容貌服饰的赞词，一套自我牺牲与别人不了解等的老套，一篇忏悔词，如此而已。而老实的女人就心鼓胀起来了，以为被人真心地爱着而真心地去爱他了。这一切，这就叫爱吗？这是对于"爱"这一个字的侮辱。如果这样是叫做爱，我宁可说我没有爱过。

二十九日　晴

下午到报馆去的时候，屠金曾对我说，陈沧波已带了一个编"中国与世界"栏的人来，又不要灵凤发稿了。我以为灵凤的事已结束了，谁知道还是有花样。问题是如此：要看灵凤自己意思如何，如果他可以放弃这一栏而编其他栏，那么就让开，反正胡好已答应不停他的职。如果他决定要编"中国与世界"栏呢，我们也可以硬做。于是便和馆中上海人一齐到中华阁仔去谈论这事。灵凤的主见没有一定，又想仍编这一栏，又怕闹起来位置不保。于是决定今天由他自己再和胡好去相商一次然后再作计较。

饮茶出来，在邮局中收到了丽娟十九日写的信，说水拍划的二百元已收到了。她这封信好像是在发脾气的时候写的。我不知道她为什么又生气，难道我前次信上说让朵朵到香港来，她听了不高兴了吗？她也是很爱朵朵的，她不知道朵朵在港身体可以好一点，读书问题也可以解决了吗？

三十日　晴

小丁来吃中饭。他刚从仰光回来不久，所以我约他再来吃夜饭谈谈。我叫阿四买一只鸡，又买牛肉，徐迟买酒及点心，他自己也带一样菜来。这样一凑，菜酒就不错了。他七时就来，先吃茶点，然后饮酒吃饭，谈谈说说，讲讲笑话，也是乐事，所可惜者，丽娟不在耳。饭后余兴未尽，由小丁请我们到大公司饮冰，十二时许始返。

三十一日　晴

　　早上睡得正好，沈仲章来唤醒了我。原来今天是何姑娘约定到赤柱去钓鱼的日子，我却早已忘记了。匆匆洗脸早餐毕，马师奶何迅已等了长久了。便一起出发到何家去。何家相当富丽堂皇，原来她是何东的侄女。到了那里，她也等了长久了。余家姊妹不在，说是直接到赤柱了，却另加了赵氏姊妹二人，都是何的表姊。一行七人到码头乘公共汽车去赤柱，何虽则已带了大批食物，沿途又还买了水果等物。到了赤柱，就到她家的游水棚，不久玛格莱特·何也来了，可是她姊姊却没有来。于是除了仲章和马师奶外，大家都下去游水。在这些人之中，我是游得最坏，而且海边石子太多，把我的脚也割破了，浸了一会儿，就独自上岸来和马师奶闲谈。等他们上来，就一同冷餐。冷餐甚丰。饭后躺在榻上小睡一会儿，又下海去游了一下，这时她们坐着小船去叫钓鱼船，叫来后，大家一齐上船。唯有何、余和何迅三人不坐船，跟着船游出去，游了一里多路。船到海中停下来，吃了点心然后钓鱼。钓鱼不用竿子，只用一根线，以虾为饵。起初我钓不着，后来却接连钓到了三条，仲章钓到了一条河豚鱼，因为有毒，弄死了丢下水去。差不多大家都钓到，一共有二十几条，各种各类都有，可惜都不大。其间我曾跳到水中去游了几分钟。那地方水深五十余尺，可是他们都是游水好手，又有船去，所以我敢跳下去，可是一跳下去就怕起来，所以不久就上来了。马师奶也跳下去的，我以为她是不会游的，哪知她游得很好。八时许才回到游水棚，天已黑了。我因为报馆要聚餐，所以不在棚中晚饭，独自先行，可是脱了九点一刻的公共汽车，而且也赶不及聚餐了（在九龙桂园），只好再回游水棚去吃饭。饭后在沙滩上星光下闲谈，余小姐老提出傻问题来问我，如写诗灵感哪里来的之类。乘末班车归，即睡。整天虚度了！

九月一日　晴

馆中遇屠金曾，说昨日叙餐未到者，除我外尚有光宇兄弟二人，大众决议，要双倍罚款。

馆中出来在邮局收到丽娟八月二十五日写的信。告诉我朵朵病已好了，胖了点，她自己也重了三磅，这使我多么高兴而安慰。她告诉我国文已不再读了，只读英文。这真太没长性了。读英文没有什么大用处，黎庵也不见得教得好，还是仍旧读国文的好。她的国文程度，从写信上看来，已有了一点进步，写字也写得好一点，有了这样的根基，再用一点功一定会大有进步的。读英文她却很少有希望，根底实在太差了。要能够看看普通的书并说几句，恐非三五年不行，她那里会有这样的耐心呢？

二日　晴

上午写信复丽娟，并问她认不认识贾纳夫所说的那个姓梁的人。看她如何回答我吧。到邮局去寄信的时候，看见有人在用挂号信封保险寄钱到上海，便问局中人是否可寄。局中人说香港可以，上海方面不很清楚，便又去问柳存仁，存仁说，听说上海限一千五百元，到底如何不大清楚，至多退回来，不会收没的。这样，我决计将这月的钱用挂号奇去了，可以省许多汇费，明天向报馆去预支薪水吧。（昨夜梦丽娟。）

三日　晴

上午从报馆中借了六十元薪金，预备凑起现在所有的一起寄给丽娟，房金用稿费付。这样就没有问题了。

下午收到了蛰存的信。他很关心我的事。他只听得我和丽娟有裂痕的话，以为她现在得到了遗产，迷恋上海繁华（如果他知道真情，他不知要作何感想呢？）。他劝我早点叫她回来，或索性放弃了。别人都这样劝我，他也如此。……我也不是不明白这种道理，但是我却爱她，我知道她在世界上是孤苦零丁，没有一个真心对她的人。对于我，对于她这两方面说，我不能让她离开我；再说，还有我们的朵朵呢？说起朵朵，我又想到了她的教育问题。今天午饭的时候，徐迟陈松商量把徐律送到圣司提反幼稚园去，我想到朵朵在上海过寂寞的生活，不能受教育，觉得很感伤……

晚饭后去文化协会讲诗歌，回来后和沈仲章陈松出去吃宵夜。

四日　晴

上午去换了六百元国币，合港币一百〇二元。回来写信给她，告诉她钱明天寄出。我又向她提议，请她最好能回香港来。如果她能来，我当每月至少给她百元零用。其实，如果她能回来，我有什么不愿意给她呢？我有什么事不愿为她做呢？又收黎庵信，云或将即来香港。

张君干约我下午去游泳，便和他一同到丽池去。在那里游泳，谈心并在海里划船。出来已八时许，他请我在新世界吃饭，又请我到皇后看电影，返已十二时许。

五日　晴

上午写信给丽娟，告诉她六百元分二封保险信寄，叫她收到与否均打电报给我。可是下午到邮局去寄的时候，出乎我意外的，邮局说国币不收了，说是刚从昨天起收到上海邮局的通知才这样办的。我很懊丧，但也庆幸着，因为这金钱如果昨天寄了，丽娟是一定收不到了。就在邮局中把上午写的信上加了几句，说钱改明天寄出，寄港币百元，因为港币是可以寄的。当即将钱又换港币。

晚饭后去访亢德和林臧庐。在他们那儿坐了一时光景。亢德说月底光景回上海去，我就说想托他带箱子，可是他不大愿意，我也就不说下去。臧庐送了我一部《战地钟声》。回来后又写信给丽娟，告诉她寄港币百元，这几天在报馆中听到上海将被封锁的消息，便在信上告诉了她，劝她早点来港，以免受难。

六日　晴

一早就去寄保险信，谁知今天是公共假期，寄不出，明天又是星期日，只得等到星期一。丽娟收到这笔钱，一定将在二十号左右了，奈何！

下午复了蛰存的信，请他多写文稿来。关于丽娟的事，我对他说我不愿多说（因为他问我详情如何），以及我相信她会回来的。

陈松法文进步了不少，只是读音读不好，照这样学下去四个月可以说法文了。龙龙甚懒，教了从不读，我也不太高兴教她了。

七日　晴

报馆出来后，在拔佳门口看看皮鞋，因为我的白皮鞋已有点破，而且也将不能穿了，先看一看，将来可以买，不意陈福愉正买了皮鞋出来，便拉我去他所住的思豪酒店去闲谈。他已进了星岛，所谈无非星岛的事。出来即乘车返，可是在车上遇到灵凤一家老小，他们是到大公司去饮冰的，邀我同去，便跟着他们一同去，饮冰后即返家工作。

八日　晴

一早就到邮政局把丽娟八月份的港币一百元保险寄出，心里舒服了不少，可是她收到一定要在二十号光景了，她一定要着急好几天了。为什么要让她着急呢，想着想着，我又不安起来了。以后还是多花一点汇费电汇给她吧。

从报馆里回来的时候，在邮箱里收到丽娟的九月一日发的信。她告诉我带去的衣料已收到，可惜今年已不能穿了。她说那件衣料她很喜欢。只要她能喜欢，我心里就高兴了。她叫我买两件呢衣料，当时我就到各衣料店陈列窗去看，可是因为香港天气还热，秋天的衣料还没有陈列出来，只得空手回来。回来时徐迟夫妇已去吃马国亮双胞胎的满月酒去了，想到丽娟信上叫我吃得好一点，趁他们出去吃饭，便吩咐阿四杀了一只鸡，一个人大吃一顿。说来也可笑，这算是听丽娟的话吧。

九日　晴

上午复了丽娟的信。报馆回来之后，忽然想起，我为什么不自己出版一点书赚钱呢？我有许多存稿可以出版，例如《苏联文学史话》，例如《西班牙抗战谣曲选》都是可以卖钱的，为什么不自己来出版呢？至少，稿费是赚得出来的，或再退一步说，印刷成本总不会蚀去的。所麻烦的只是发行问题。于是吃过夜饭后，便去找盛舜商量。他现在做大众生活社的经理，发行是有办法的。他一口答应给我发行，而且说一千本是毫无问题的，便很高兴地回来。现在，问题是在一笔印刷费。可是这也不成问题，星马可以欠账印。从明天起，我该把文学史话的稿子加以整理了。

十日　晴

今天从早晨九时起，一直到晚间二时止，整天地把《苏联文学史话》用原文校译着，只有在下午到报馆里去了一次。

报馆里出来的时候，我去配了一副眼镜，因为原来的一副已不够深，而且太小了。一共是九元，付了五元定洋，后天就可以取了。

十一日　晴

上午仍旧校读《史话》，校到下午三时，校毕。到报馆去的时候，就把稿子交给印刷部排。现在，这部稿子还缺两个附录。找到时再补排就是了。

我的还有一部可卖钱的稿子《西班牙抗战谣曲选》是在刘火子那里。可是他的微光出版部现在既已不办，我便可以向他索回来了。当时我曾支过版税国币一百元，合到港币也无几，将来可以还他的。问题是在于他现在肯不肯先把稿子还我。工毕之后，我便打电话约他到中华阁仔饮茶，和他商量这件事。他居然说可以，而且答应后天把稿子还给我。

我的辩白

——致文协港粤各位会员先生的信

文协港粤各位会员先生：

我不得不承认，在读到诸君在《文艺生活》第二期刊布的那篇《来件二》的时候，我所感到的，是一种超乎沉痛的情感。

我很了解诸君的热情，诸君的良心，诸君的正义感。如果我处于诸君的地位，也许我也会采取和诸君同样的行动，对于自己认为附敌的文人，加以无情的打击。诸君之中也许有人记得，当我以前的妻兄穆时英附逆的时候，便是我亲自在香港文协的大会中揭发他并驱逐他出去的。我绝对同情于诸君的动机，然而，我希望诸君对于我有一个更正确、更深切的理解。

也许现在来要求诸君理解是迟了一点，因为我一向以为诸君对于我所处的地位是很明白而不需要多余的解释的。三次的文协座谈会中，诸君从来也没有向我提过质问；在私人之间，诸君也没有向我表示过怀疑；就是在诸君对我提出检举之前，也并没有向我查明事实真相。但是，我始终坚信诸君是具有热情、良心、正义感的人，诸君的检举，也不是对人而是对事，而毫无私人的好恶存在其间的。所以我这迟发的申辩，也是对那种热情、那种良心、那种正义感而发的。

　　我觉得横亘在我的处境以及诸君的理解之间的，是那日本占领地的黑暗和残酷。因为诸君是生活在自由的土地上，而我却在魔爪下挨苦难的岁月。我曾经在这里坐过七星期的地牢，挨毒打，受饥饿，受尽残酷的苦刑（然而我并没有供出任何一个人）。我是到垂死的时候才被保释出来抬回家中的。从那里出来之后，我就失去一切的自由了。我的行动被追踪、记录、查考，我的生活是比俘虏更悲惨了。我不得离港是我被保释出来的条件，而我两次离港的企图也都失败了。在这个境遇之中，如果人家利用了我的姓名（如征文事），我能够登报否认吗？如果敌人的爪牙要求我做一件事，而这件事又是无关国家、民族的利害的（如写小说集跋事），我能够断然拒绝吗？我不能脱离虎口，然而我却要活下去。我只在一切方法都没有了的时候，才开始写文章的。（在香港沦陷后整整一年余，我还没有发表过一篇文章，诸君也了解这片苦心吗？）但是我没有写过一句危害国家、民族的文字，就连和政治社会有关的文章，我再一个字都没有写过。我的抵抗只能是消极的，沉默的。我拒绝了参加敌人的文学者大会（当时同盟社的电讯、东京的杂志，都已登出了香港派我出席的消息了），我两次拒绝了组织敌人授意的香港文化协会。我所能做到的，如此而已。也许我没有牺牲了生命来做一个例范是我的一个弱点，然而要活是人之常情，特别是生活下去看到敌人的灭亡的时候。对于一个被敌人奸污了的妇女，诸君有勇气指她是一个淫妇吗？对于一个被敌人拉去做劳工的劳动者，诸君有勇气指他是一个叛国贼吗？我的情况，和这两者有点类似，而我的苦痛却是更深沉。

有时我惨然地想，如果我迟一个星期不释放而死在牢里，到现在情形也许会不同吧。于是我对自己起了一个疑问：难道朋友们所要求于我的，仅仅是我的牺牲吗？我难道分得一点胜利的欢乐也是不可能的吗？我自己呢，我觉得幸而我没有死，能够在等待中活下去，而终于如所愿望地看见敌人的毁灭，看见抗战的胜利，看见朋友的归来。我是带着欣喜感动至于垂泪的感情看到这一切的，我期待从诸君那里得到慰藉、鼓励、爱，从诸君那里得到一切苦难、委屈、灾害的偿报，我是为了这些才艰苦地有耐心地等下去的。就是现在，我也不断地自问着：我没有白等吗？

也许诸君会问我："你为什么不早点走了呢？不是每一个有良心的文化人都离开了这个魔岛吗？"这个问题，使我想起了我的几句诗：

> ……把我遗忘在这里，让我来见见，
> 做个证人，做你们的耳，你们的眼，
> 尤其做你们的心，来受苦难、辛艰，
> 仿佛是大地的一块，让铁蹄践踏，
> 仿佛是你们的一滴血，遗在你们
> 后面……

然而这也仅仅是我对自己的一种自解，现实的情形是更个人的：我是一个过分重感情的人，我有一个所爱的妻子和女儿留在上海，而处于无人照料的地位。在太平洋战争未起来之前几个月，我的妻子因为受了刺激（穆时英被打死，她母亲服毒自尽），闹着要和我离婚，我曾为此到上海去过一次，而我没有受汪派威逼溜回香港来这件事，似乎使她感动了，而在战争爆发出来的时候，她的态度已显然地转好了。香港沦陷后，我惟一的思想便是等船到上海去，然后带她转入内地；然而在这个计划没有实现之前，我就落在敌人宪兵队的魔手中了；而更使我惨痛的，就是她后来终于离开了我，而嫁给了附逆的周黎庵了，这就是我隐秘的伤痕。

如果解释是需要的，这里便是。我在沦陷期的作品，也全部在这里，请诸君公览；我在沦陷期中做过什么，也请诸君加以调查，诸君的一切询问，我都愿意答复。我所要求于诸君的，只是公正的判断和不可少的辨正。我这样向诸君的热情、良心、正义感申诉。专此谨致敬礼！

戴望舒谨上

二月六日

致杨静（一）

丽萍：

　　到平已月余，可是还没有给你写一封信，这种心情也许你是能理解的吧。我一直对自己说，我要忘记你，但是我如何能忘记！每到一个好玩的地方，每逢到一点快乐的事，我就想到你，心里想：如果你在这儿多好啊！一直到上星期为止，我总以为朵朵暂时不记得你了：从上船起一直到上星期这一个多月中，她从来没有提到你一个字，我以为新年快乐使她忘记了一切，可是，在上星期当她打了防疫针起反应而发高烧的时候，她竟大声喊着："妈咪，你作免呒要我第，顶呒解我第嗨里处！"这吃语泄漏出了她一个月以来隐藏着的心情，使我眼泪也夺眶而出。真的，你为什么抛开我们？我们为什么会在这里的啊！

　　可是不要说这些感伤的话了，且把我们分手后的情形告诉你吧。那一天，船一直到晚上九点才开，上船后，我的气喘就好多了。我的二朵朵，卞之琳和邝先生各占一个房舱（大朵朵在我们隔壁的房舱）。房舱很舒服，约等于普通船的头等舱。大菜间也是我们独占的，我们整天在那里玩。伙食也不错，而且餐餐有酒喝。在海上除了第一二天有雾外，一路风平浪静，船上的人，除了大朵朵外，一个晕船的也没有。三月十七日晨，船就到了大沽口，可是并没有当天上岸，因为从北平派来接我们的人，一直到十八日下午才开了小轮船来接我们（我们的船太大了，不能一直开到天津）。那天晚上，我们到了塘沽，宿在海关的宿舍里，受着隆重的招待，第二天十九日，塘沽公安局招宴，宴毕，才上了专为我们而备的专车。十二时到天津，市政府又在车站中款待我们，休息了一小时，在四时到了北平，当即来到翠明庄。翠明庄是从前日本人造来做将校招待所的，胜利后国民党拿来做励志社，现在是人民政府拿来做招待民主人士的地方，虽不及北京饭店或六国饭店大，但比前二处更清静而进出自由。我住的三十一号是全庄最好的一间，有客厅，卧室，浴室，贮藏室等四间，小而精致，房中有电话，十分方便。在军调部时代，据说是叶剑英将军住的，而北平解放后人民政府副市长徐冰也曾住在这里，可以算是有历史性的房间了。卧室有两张沙发床，我和二朵朵睡，大朵朵独自睡一张，一个多月来我们就一直生活在这儿。在刚来的那一天，二朵朵高兴兴奋得了不得，变成小麻雀一样地多话了。真的，一切在她都是新鲜的，我一辈子也没有做过专车，她却第一次坐火车就坐了，高耸着的正阳门，故宫的琉璃瓦，这一切都是照她所说那样，是"从来也没有看见过"的。（以后她还吃了她"从来也没有吃过"的糖葫芦，炒红果，蜜饯，小白梨等。）这里，我们的一切需要他们都管，如洗浴，理发，洗衣，医药等，饭食是每日三餐，早晨吃粥，午晚吃饭，饭菜非常丰富，每餐有鱼有肉，有时有全只的鸡鸭，把嘴也吃高了，不知将来离开此地时怎样呢？

这一个多月差不多是游玩过去的，不是看戏就是玩公园故宫等等。孩子们成天跟着我，直到四月一日以后，我才比较松一点。因为她们是在四月一号起进了孔德学校的。孔德学校是北平有名的中小学，虽然现在已不如以前，可是总还不错。因为校长和主任都是认识的，所以她们两人就毫无困难地进了去。大朵进了五年级，二朵进了幼稚园大班。麻烦的是二朵只上半天课，下午还是缠住了我。她现在北京话已说得很不错了。

我身体仍然不大好，所以本来计划从军南下的计划，只能搁起而决定留在北平。也许最近就得到新的工作岗位上去，不再过这种舒适有闲的生活了。我希望仍能带着孩子，可是事情只能到那时再说。政府的托儿所是很好的，好些同志的孩子们都是红红胖胖的，恐怕比我管好得多。

前些日子和二朵到颐和园去玩，请朋友照了像，这里寄奉，大朵因为在读书，所以没有去。

预料你回信来时我一定不住在这里了，所以你的信还是写下列地址好："北平宣武门外校场头条二十一号吴晓铃先生转"。

你的计划如何？到法国去呢，到上海去呢，还是留在香港？我倒很希望你到北平来看看，索性把昂朵也带来。现在北平是开满了花的时候，街路上充满了歌声，人心里充满了希望。在香港，你只是一个点缀品，这里，你将成为一个有用的人，有无限前途的人。如果有意，可去找沈松泉设法，或找灵凤转夏衍。我应该连忙声明这是为你自己打算而不是为我。

昂朵好否？你身体如何？请来信告知一切。

望舒

四月二十七日灯下

致杨静（二）

丽萍：

　　你的信收到已有半个多月了，因为在开文学艺术工作者代表大会，一点空也没有，开完会搬到华北大学来。病了，本来还想搁一搁，二朵朵天天催我写信，只好就写了。现在先把这几个月的生活状态报告你吧：我是在六月初离开翠明庄招待所的，本来应该就到华大来，可是因为大朵朵、二朵朵都还没有放假，所以暂时在离学校很近的北池子八十三号文管会旧剧处住了一个月，等孩子们一放假，接着就开文代大会了，就一家子住到前门外的留香饭店去，一直到七月二十六日才搬到华大来。二朵已在幼稚园毕业了，成绩很好，如下：唱歌甲，美术甲，故事甲，工艺乙，常识乙，游戏甲，运动甲，智力程度甲，体格发育甲，操行考查甲。大朵则较差，有一门算术不及格，要补考。二朵认识了很多的大朋友，如舒绣文，周小燕等，连我也都不熟的；马思聪家我也常带她去，她和思聪的次女雪雪是好朋友，她认戴爱莲做姑姑。她很有机会接近音乐和舞蹈，然而我哪里有工夫去管她？自从你写信来说要带昂朵来平后，她时常问你什么时候来，你叫我怎样回答她呢？我以为你到这里来也很好，做事和学习的机会都很多，决不会落空的。筹一笔船费就是了，一到天津就有人招待你的。如果连船费也没有办法，那么让我去和沈松泉商量，叫他们的货船带你来。我这几天工作上就要有调动，调到国际宣传局去（将来有出国可能），孩子们下半年读书的问题，须待调过去后决定。母亲决计请她来平，因为上海没人照顾，而此地生活比上海便宜。

二朵已长了不少，去年的夏衣已短小了，在开文代会的时候，她天天看戏，看了差不多一个月。现在在华大，每天除写一点字以外，就跟同住的孩子们玩，看华大同学排戏，她不断地想你和昂朵，所以你能来就好了。你来了有这些工作可以由你选：进华大学习，进文工团参加音乐或戏剧活动（音专的贺丽影、郑兴丽都在文工团，马思聪、李凌也在那里），进电台，其他机关的工作也很多，孩子们也不必自己管，只是要严肃地工作，前途是无量的。广州，不久就要解放，香港畸形的繁荣必然要结束了，你应该为自己前途着想。如果决定来而又可自筹旅费，请即打电话报给我（北平煤渣胡同四号沈宝基转戴望舒），告知行期，到天津后找沈松泉（天津马场道三盛里二十五号），他自会招待你，不能筹钱也打电报给我，让我和沈去商量坐他们的船。不过后者要麻烦人家，还是自筹船费的好。来时不必使叶灵凤等人知道，会生许多麻烦。秋天是北平最好的季节，你的女儿日夜望你来。我身体还不错，就是常发病。上月照的一张相，这里寄上。

祝好。

阿宝也有意思来平否？请代致候！

望舒

八月四日